당신은 이 집의 이상한 점을 알겠는가.
아마 얼핏 봐서는 아주 흔한 가정집으로 보일 것이다.
하지만 주의 깊게 구석구석 살펴보면, 집 안 여기저기
에서 기묘한 위화감이 느껴지리라. 그 위화감이 겹치고
겹쳐, 마침내 하나의 '사실'이 드러난다.

너무나도 무서워 결코 믿고 싶지 않은 사실이.

목차

제1장

이상한 집

지인의 상담

나는 현재 오컬트 전문 필자로 활동 중이다. 일의 성격상 괴담이나 기묘한 체험담을 들을 기회가 많다.

그중에서도 자주 접하는 것이 '집'에 얽힌 이야기다.

'아무도 없는 2층에서 발소리가 난다', '거실에 혼자 있으면 시선이 느껴진다', '벽장 속에서 이야기하는 소리가 들린다'……. 이른바 **찜찜한 사연이 있는 집**의 에피소드는 헤아릴 수 없을 만큼 많다.

하지만 그때 들은 '집'의 이야기는 그러한 에피소드와는 조금 달랐다.

* * *

2019년 9월. 상담하고 싶은 일이 있다며 지인 야나오카 씨에게 연락이 왔다. 야나오카 씨는 편집 에이전시에 근무하는 영업사원이다. 몇 년 전에 일을 통해 안면을 튼 후로, 가끔 같이 밥을 먹는 사이다.

야나오카 씨는 곧 첫째를 얻는다. 그래서 그는 인생 첫 단독주택을 구입하기로 결심했다고 한다. 매일 밤늦게까지 부동산 정보를 뒤지던 끝에, 그는 도쿄 도내에서 이상적인 집을 발견했다.

조용한 주택가에 자리한 2층짜리 단독주택이다. 역에서 가까운 것치고는 근처에 녹지가 있고, 신축은 아니지만 완공된 지 얼마 지나지 않았다. 집을 보러 갔을 때, 밝고 개방적인 내부 구조에 부부 둘 다 호감을 느꼈다고 한다.

다만 평면도에 한 가지 묘한 부분이 있었다.

1층, 주방과 거실 사이에 **수수께끼의 공간**이 있는 것이다.

문이 없어서 안으로는 못 들어간다. 부동산 중개소에 물어도 잘 모르겠다는 대답이 돌아왔다. 사는 데에 지장은 없지만, 어쩐지 찜찜해서 집을 살지 말지 고민된다고 한다.

'오컬트 분야에 해박하다'는 이유로 내게 상담하기로 결정한 모양이다. 확실히 '수수께끼의 공간'은 오컬트적인 측면에서도 몹시 호기심을 자극하는 요소다. 하지만 나는 건축에 관해서는 문외한이다. 평면도도 제대로 볼 줄 모른다.

그래서 어느 인물에게 협력을 요청하기로 했다.

구리하라 씨

내 지인 중에 구리하라 씨라는 사람이 있다. 대형 건축사무소에서 일하는 설계사다. 거기에다 호러와 미스터리 애호가이기도 해서 이 일을 상담하기에는 안성맞춤일 듯했다.

상담 내용을 알려 주자 흥미를 보이는 것 같길래, 즉시 평면도 데이터를 보내 주고 전화로 이야기를 듣기로 했다.

아래에 구리하라 씨와 나눈 대화를 싣겠다.

필자 구리하라 씨, 오랜만입니다. 바쁘실 텐데 정말 감사합니다.

구리하라 별말씀을요. 그나저나 보내 주신 평면도 말씀인데요…….

필자 네. 1층에 있는 문이 없는 공간에 대해 뭐 좀 아시겠어요?

구리하라 음, 이게 **의도적으로 만든 공간**이라는 건 말씀드릴 수 있겠네요.

필자 의도적이라고요?

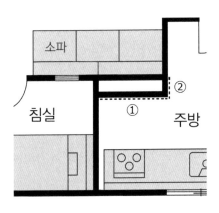

구리하라 네. 도면을 보면 아시겠지만, 이 공간은 **본래 필요 없는 벽 두 개**로 이루어져 있어요.

주방에 접한 벽 두 개. 이게 없으면 '수수께끼의 공간'은 생기지 않고, 주방도 넓어지죠. 주방 공간을 좁히면서까지 여기다 굳이 벽을 만들었으니, 이 공간이 필요했다는 뜻이에요.

필자 그렇군요. 무슨 일에 필요했을까요?

구리하라 어쩌면 처음에는 여기를 수납공간으로 만들 예정 아니었을까요?

예를 들어 거실 쪽에 문을 달면 벽장으로, 부엌 쪽에 문을 달면 찬장으로 사용할 수 있겠죠. 하지만

도중에 마음이 바뀌었든지 돈이 모자라든지 해서 문을 달기 전에 단념한 게 아닐까요?

필자 　그렇군요. 그때는 이미 공사가 진행돼서 구조를 변경하지 못하고 공간만 남았다, 뭐 그런 겁니까?

구리하라 　그렇게 보는 게 자연스럽겠죠.

필자 　그럼 오컬트적인 이야기는 아니로군요.

구리하라 　그러게요. 다만······.

구리하라 씨의 목소리가 갑자기 어두워졌다.

구리하라 　참고로 이 집은 누가 지었습니까?

필자 　전에 살던 집주인요. 부부와 어린아이, 총 3인 가족이었다고 합니다.

구리하라 　어리다면 몇 살 정도였을까요?

필자 　그것까지는 잘······. 그건 왜요?

구리하라 　실은 처음에 이 평면도를 봤을 때, 참 이상한 집이다 싶었거든요.

필자 　그래요? 수수께끼의 공간 말고는 특별히 마음에 걸리는 부분이 없었는데요.

구리하라 **2층 구조**가 이상해요. 아이 방을 보세요. 모르시겠
어요?

필자 으음……. 어?

2F

필자	문이 두 개네요. 이중문?
구리하라	그렇습니다. 그리고 문의 위치도 이상해요.
	예를 들어 계단으로 2층에 올라와서 아이 방에 들
	어가려면 꽤 멀리 둘러가야 하죠. 왜 이렇게 귀찮게
	설계했을까요?
필자	확실히 이상하네요.
구리하라	그리고 아이 방에는 **창문이 하나도 없습니다.**

확인을 해 보니 분명 아이 방에는 창문을 나타내는 기호
(━━)가 그려져 있지 않았다.

구리하라	부모는 대개 자기 아이가 쓰는 방에 되도록 볕이 잘
	들기를 바라는 법인데……. 창문 없는 아이 방이
	라니, 적어도 단독주택에서는 본 적이 없네요.
필자	뭔가 사정이 있었던 걸까요? 예를 들어 햇빛을 받
	으면 안 되는 피부병에 걸렸다든가.
구리하라	혹시 그렇더라도 커튼을 치면 되죠. 애초부터 창문
	을 하나도 내지 않았다는 점이 영 이상하네요.
필자	그렇군요.

2F

세면대

서양식 방

샤워실

화장실

계단

침대

아이 방

침실

탈의실

발코니

침대

선반장

욕실

⌐ = 문을 나타내는 기호

구리하라 그리고 이 방, 특이한 점이 하나 더 있어요. 화장실
    을 보세요. 문의 위치상 아이 방에서밖에 못 들어
    가요.

필자 정말이네. 아이 방 전용 화장실인 셈이군요.

구리하라 그렇겠죠.

필자 창문이 없고, 이중문에, 전용 화장실이 설치된
    방……. 어쩐지 독방 같은 인상이네요.

구리하라 이건 '과보호'라는 말로 표현하기에도 너무 지나쳐
    요. 아이를 철저하게 관리하에 두고 싶다는 강한 의
    지가 느껴집니다. 어쩌면 아이는 이 방에 갇혀 있었
    는지도 모르겠어요.

필자 ……학대일까요…….

구리하라 그럴 가능성도 있겠죠. 좀 더 파고들어 보자면, **부모는 아이를 아무에게도 보여 주고 싶지 않았던 것일지도요.** 2층 전체 구조를 보세요.

뭐랄까, 모든 방이 아이 방을 은폐하듯이 배치돼 있는 것처럼 보이지 않나요? 뭐, 애당초 아이 방에는 창문이 없으니까 밖에서 아이의 모습을 확인하기는 불가능하겠지만.

부모가 아이를 방에 감금하고, 그 존재 자체를 감췄다. 그런 생각이 드네요.

필자　　하지만 왜 그런 짓을?

구리하라　모르겠습니다. 다만 평면도로 보건대, 이 가족에게
　　　　　심상치 않은 사정이 있었던 건 분명합니다.

두 개의 욕실

구리하라　그런데 아이 방 옆에 침실이 있죠?

필자　　더블베드가 있는 방이로군요. 부부의 침실일까요?

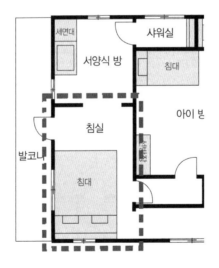

구리하라 그렇겠죠. 이 방은 아이 방과 달리 개방적이네요.
         창문도 많고요.

'밝고 개방적인 내부 구조'라는 야나오카 씨의 말이 떠올랐
다.

구리하라 실은 이 방에도 조금 마음에 걸리는 점이 있어요.
         도면상에 샤워실이 있죠? 즉, 그 옆쪽 서양식 방은
         탈의실을 겸할 텐데, 그러면 침실에서 탈의실이 훤
         히 다 보여요.
필자   그러고 보니 방 사이에 문이 없네요.
구리하라 아무리 부부라지만, 씻고 나와서 벌거벗은 모습을
         보여 주기는 민망하잖아요. 그러니 아주 '금실 좋
         은' 부부였겠거니 싶다가도, '금실 좋은' 부부와 '갇
         혀 지내는 아이'라는 부조화가 어쩐지 으스스해
         서……. 뭐, 지나친 생각인지도 모르지만요.
필자   그렇군요. 응?
구리하라 왜 그러세요?
필자   샤워실과 별개로 욕실이 있네요. 이런 식으로 샤워

2F

세면대

서양식 방

샤워실

화장실

침대

아이 방

계단

침실

탈의실

발코니

선반장

침대

선반장

욕실

실과 욕실을 따로 떼어 놓는 것은 보기 드물지 않나요?

구리하라 없지야 않지만, 많지는 않죠. 그러고 보니 이 욕실에도 창문이 없네요. 샤워실에는 커다란 창문이 있는데.

필자 그러게요.

……하여간 이렇게 따져 보니 찜찜한 부분이 많은 집이로군요. 역시 이 집은 사지 않는 게 좋을까요? 어떻게 생각하세요?

구리하라 집 구조만 보고 뭐라고 딱 잘라 말씀드릴 수는 없겠지만, 저 같으면 안 살 겁니다.

나는 구리하라 씨에게 감사 인사를 하고 전화를 끊었다.

평면도를 다시 살펴보았다. 상상의 나래를 펼친다. 창문 없는 방에 감금된 아이. 더블베드에 누워 편안히 잠을 청하는 부모.

1층과 2층 평면도를 비교해 보았다. 1층만 보면 평범한 집이다. 수수께끼의 공간이 있는 걸 제외하면. 수수께끼의 공간. 만들다 만 수납공간. 정말로 그럴까?

2F

1F

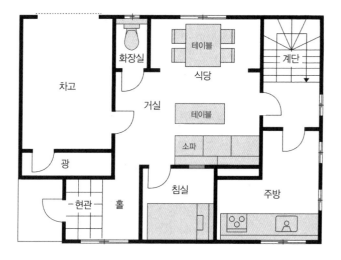

그때 **어떤 억측**이 머릿속에 떠올랐다. 너무나 황당무계한 억측. '그럴 리가 있나.' 하고 생각하면서 평면도 두 장을 포개어 보았다.

예상과 달리 '그것'은 너무나 완벽하게 일치했다.

우연일까. 아니면…….

수수께끼의 공간

나는 다시 구리하라 씨에게 전화를 걸었다.

필자　　　자꾸 방해해서 죄송합니다.

구리하라　아니요, 괜찮아요. 무슨 일이세요?

필자　　　그, 역시 아무래도 1층에 있는 공간이 마음에 걸려서요. 혹시 2층 구조와 뭔가 관계가 있지 않나 싶거든요.

구리하라　그러셨군요.

필자　　　그래서 1층과 2층 평면도를 포개어 봤는데……. 1층에 있는 공간이 **아이 방과 욕실 모서리에 딱 겹치더**

라고요. 마치 두 방 사이에 걸린 다리처럼.

구리하라 네, 확실히 그러네요.

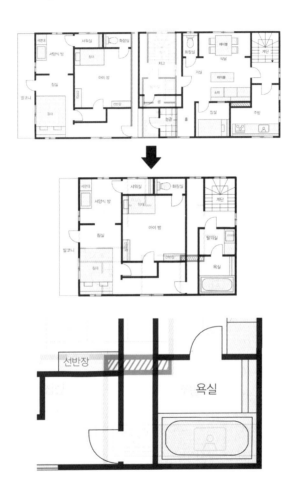

필자 그래서…… 뭐, 이건 아마추어의 말도 안 되는 생각이겠지만, 어쩌면 1층에 있는 이 공간은 **통로** 아닐까요?

예를 들면 아이 방과 욕실 바닥에 1층으로 이어지는 비밀 구멍이 있다고 칩시다. 두 비밀 구멍은 1층에 있는 공간으로 연결됩니다.

1층에 있는 공간을 통해 아이 방과 욕실을 오갈 수 있을 거예요. 부모는 아이의 존재를 숨겼다. 하지만 아이 방에서 욕실에 가려면 창문이 있는 복도를 지나가야 한다. 밖에 보일 위험이 있다. 그래서 아이 방에서 직접 욕실로 통하는 비밀 통로를 만들어 놓고, 씻을 때는 그 통로를 이용하게 했다. 그리고 아

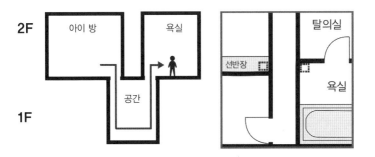

이 방의 선반장은 비밀 구멍을 감추기 위해 놓아둔
게 아닐까…… 싶은데, 어떨까요……?

구리하라 음, 뭐, 재미있는 발상이기는 합니다만.

필자 너무 지나친 생각일까요?

구리하라 굳이 그렇게까지 할까 싶네요.

필자 ……그렇겠죠. 죄송합니다. 어쩐지 번쩍 그런 생각
이 떠올라서. 방금 이야기는 잊어버려 주세요.

진지하게 열변을 토하던 나 자신이 갑자기 부끄러워졌다.
확실히 너무 비현실적이다. 이야기를 마무리 지으려고 했던
바로 그때, 전화 저편에서 구리하라 씨가 뭐라고 중얼거리는
소리가 들렸다.

구리하라 ……통로……. 아니, 잠깐만. 만약 그렇다면 이 방
은…….

필자 왜 그러세요?

구리하라 그게, 방금 하신 말씀을 듣고 떠오른 게 있어
서……. 그런데 전에 살았던 사람은 남편, 아내, 아
이, 총 세 명이었죠?

필자　네.

구리하라　그렇다면 침대 수가 하나 많네요. 부부는 2층 침실에서 잘 테고, 아이는 아이 방에서 자겠죠. 그럼 1층에 있는 침실은 누구를 위한 걸까요?

1F

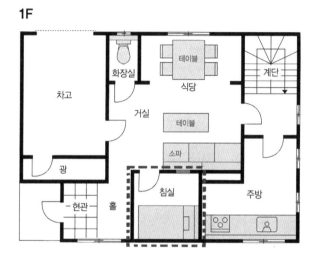

필자　흠, 집에 온 손님이 자고 갈 때 쓰는 방이라든가?

구리하라　뭐, 그렇겠죠. 누군지는 모르겠지만 이 집에는 가끔 손님이 왔다. 손님, 창문 없는 아이 방, 두 개의 욕실, 거기에 아까 '통로' 이야기를 합치면 **스토리가**

하나 나옵니다. 뭐, 이거야말로 얼토당토않은 생각
이겠지만, 제 망상이겠거니 하고 한번 들어 보세요.

망상

구리하라   일찍이 이 집에는 부부와 아이 하나가 살고 있었습니다. 아이는 **어떤 목적**을 위해 아이 방에 갇혀 있었고요. 부부는 가끔 집에 손님을 불러요.

거실에서 잡담을 나누다가, 식당에서 저녁을 대접하죠. 남편이 손님에게 술을 권하자 손님은 기분 좋게 마십니다. 완전히 취한 손님에게 아내가 이렇게 말합니다.

"마침 빈방도 있겠다, 오늘 밤은 주무시고 가시는 게 어떠세요?"

"따뜻한 물도 받아 놨으니 몸도 푹 담그시고요."

손님은 창문이 없는 2층 욕실로 안내받습니다.

손님이 욕실로 들어간 걸 확인한 후, 아내는 아이 방에 신호를 보내요. 아이는 **어떤 물건**을 지닌 채 바닥의 비밀 구멍으로 들어가서 1층의 비밀 통로를 통해 2층 욕실에 침입합니다. 그리고······.

칼로 손님의 등을 찌르는 거죠.

필자   네?! 왜 갑자기 그런 이야기로……?

구리하라 자자, 이건 어디까지나 제 망상이니까요.

알몸에 맨손, 거기에다 술기운이 돌아서 정신까지 알딸딸한 손님은 무슨 일인지 갈피를 못 잡고 저항도 못 하죠. 아이는 몇 번이고 손님의 등에 칼을 꽂습니다. 피가 철철 흐르겠죠. 손님은 곧 아무것도 모른 채 바닥에 쓰러져 숨을 거둡니다.

즉, 이 집은 **살인을 위해 만들어진 집**인 셈이에요.

필자   설마…… 농담이시죠?

구리하라 네, 99퍼센트 농담입니다. 하지만 100퍼센트 아니라고 단정할 수는 없겠네요.

인터넷에 '미스터리 사건'이라고 검색해 보신 적 있으세요?

삼류 호러 소설인가 싶을 만큼 잔혹하고 이해가 불가능한 사건 기록이 산더미처럼 많이 나옵니다. 세상에는 우리의 상상을 뛰어넘는 비정상적인 범죄가 수두룩해요.

그러니까 말이죠. 개조한 집에서 아이를 이용해 자신들의 손을 더럽히지 않고 살인을 저지르는 부부가 있었다고 해도…… 아예 말도 안 되는 이야기는 아니라고 생각해요.

필자 어휴……. 그래도……. 만일 정말 그렇다고 쳐도 무슨 목적으로요?

구리하라 글쎄요. 사람 하나를 죽이려고 이렇게까지 공을 들일 것 같지는 않네요. 분명 일상적으로 살인을 여러 번 저질렀겠죠. 그렇다면 원한이나 치정 같은 단순한 이유로 저지른 짓은 아니었을 겁니다. 어쩌면 '의뢰'를 받았을지도 모르겠네요.

필자 의뢰?

구리하라 인터넷에는 '사람을 대신 죽여 주겠다'고 광고하는 사이트가 꽤 많습니다. '유해 사이트'라고 해서 예전에 큰 사회문제로도 거론됐었죠. 그 대부분은 실체가 없는 사기인 모양이지만, 개중에는 정말로 살인을 대행하는 사이트도 있다고 해요. 싸면 20에서 30만 엔 정도 돈을 받고 사람을 죽여 준다고 하더군요. 말하자면 아마추어 암살자인 셈인데, 시대가 변화하면서 수법도 다양해지고 정교해진다나 봐요.

필자 즉, 이 집은 살인 청부업자의 작업장이었다는 말씀······?

구리하라 그렇게 생각할 수도 있다는 이야기입니다. 뭐, 단순한 망상이지만요.

아이를 이용해 살인을 저지르는 살인 청부업자 부부. 망상치고도 너무 생뚱맞다.

구리하라 말이 나온 김에 망상을 하나 더 해 보죠. 아까 '비밀 구멍을 감추기 위해 선반장을 놓아두었다'라는 이야기가 나왔는데요, 아이 방에는 선반장이 하나 더 있어요.
그렇다면 그 선반장 밑에도 비밀 구멍이 있다고 볼 수 있지 않을까요?

필자 그럴 수도······.

구리하라 그럴 경우 그 비밀 구멍은 어디로 통할까요?

필자 어디 보자······. 광이네요.

구리하라 맞습니다. 그렇다면 이 집에는 **시체를 처리하기 위한 경로**도 존재한다고 할 수 있겠군요.

필자 그건 또 무슨 말씀이세요?

2F

1F

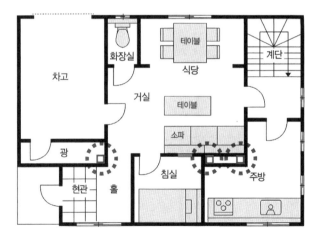

구리하라 아까 전 이야기로 돌아갑니다.

부부는 무사히 살인을 끝냈습니다. 하지만 시체를
욕실에 놔둘 수는 없죠. 아무에게도 들키지 않고 처
리해야 할 필요가 있어요. 이때 다시 비밀 구멍을
사용합니다. 비밀 구멍을 통해 시체를 옮기는 거죠.
하지만 구멍이 너무 작아서 어른의 몸은 들어가지
않습니다. 그래서 부부는 톱 같은 도구로 시체를 잘
게 절단합니다. 비밀 구멍을 통과할 정도의, 그리고
아이가 들고 갈 수 있을 정도의 크기로.

필자 네?!

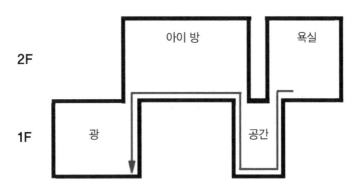

구리하라 부부는 토막토막 자른 시체를 욕실 바닥의 비밀 구멍으로 던져 넣습니다.

아이는 시체 조각을 하나씩, 몇 시간에 걸쳐 자기 방으로 옮긴 후, 다른 비밀 구멍에 던져 넣습니다. 이리하여 시체는 욕실에서 광으로 운반되죠. 광 옆은 차고예요. 부부는 운반된 시체를 자동차 트렁크에 담아서 근처 산이나 숲에 버리러 갑니다.

역에서 가까운 것치고는 근처에 녹지가 있는 것이 이 집의 장점이었다.

구리하라 이 일련의 작업은 전부 창문이 없는 방에서 진행됩니다. 즉, 밖에서 누가 볼 걱정 없이 사람을 죽이고 처리할 수 있는 거죠. 낮이든 밤이든 상관없이, 1년 중 언제든 사람을 죽일 수 있습니다. 어떻게 생각하세요?

구리하라 씨의 독무대라 거의 아무 말도 하지 못했지만, 이쯤에서 내내 석연치 않았던 점을 물어보기로 했다.

필자 저어, 가령 지금까지 하신 이야기가 전부 옳다고 친다 해도……. 왜 이렇게까지 거추장스러운 과정을 거칠 필요가 있을까요? 사람을 죽이는 걸 밖에서 못 보게 하고 싶으면, 온 집에 커튼을 치면 그만 아닙니까?

구리하라 바로 그겁니다. 사람은 보통, 밖에 드러나지 않았으면 하는 일을 할 때 집에다 커튼을 칩니다. 살인같이 몹쓸 짓을 저지를 때는 더 그렇겠죠. 반대로 **아무도 커튼을 활짝 걷어 놓은 집에서 살인이 자행된다고는 생각하지 않을 거예요.**

필자 이른바 심리 트릭인가요?

구리하라 네. 평면도를 보세요. 이 집에는 창문이 몹시 많습니다.

헤아려 보니 총 열여섯 개네요. 마치 밖에서 들여다보라고 하는 듯한 느낌입니다. 이건 결코 **남들이 봐서는 안 될 방**을 감추기 위한 일종의 위장 공작일 거예요.

필자 으음…….

구리하라 뭐, 어디까지나 억측이니까요. 너무 심각하게 받아

1F

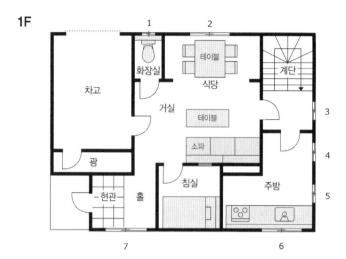

2F

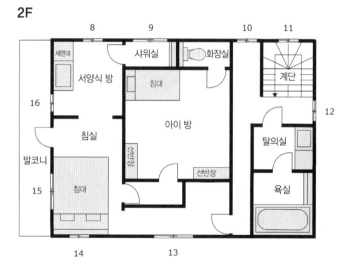

들이지 마세요.

구리하라 씨와 통화를 마친 후, 나는 잠시 동안 머릿속이
멍했다.

만약 구리하라 씨의 이야기가 사실이라면 어쩌지? 경찰에
신고해야 하나? 설마. 제대로 상대해 줄 리 없다.

애당초 '살인 청부업자 일가가 만든 살인 주택'이라는 비현
실적인 이야기를 믿는 게 이상하다. 구리하라 씨는 어쩌면 처
음부터 날 놀릴 작정이었는지도 모른다.

아무튼 할 일이 하나 남았다. 날 믿고 상담해 준 야나오카
씨에게 지금 들은 이야기를 전해야 한다. '살인 주택' 운운은
제쳐 놓더라도, 아이 방에 대해서는 알려 줘야 할 것이다.

사실

필자 여보세요, 오랜만입니다.

야나오카 아아, 안녕하세요! 요전에는 귀찮은 부탁을 드려서

죄송했어요!

필자   아니요, 무슨 말씀을요. 오늘은 그 일로 전화 드렸습니다. 아까 알고 지내는 설계사와 통화했는데요. 그게…… 뭐부터 말씀드리면 좋을지…….

야나오카   아, 실은 말이죠. 괜히 마음 쓰시게 부탁드려 놓고, 사과를 드려야 하겠네요. ……그 집, 결국 안 사기로 했어요.

필자   어! 왜요?

야나오카   이미 아시겠지만, 그런 일이 있었으니까요.

필자   그런 일이라니요?

야나오카   어? 오늘 아침 뉴스 안 보셨어요? 그 집 근처 잡목림에서 토막 난 시체가 발견됐대요.

필자   토막…… 시체?

야나오카   어쩐지 재수 없잖아요. 그래서 오늘 부동산 중개소에 가서 없던 일로 하고 왔습니다.

필자   ……그러셨군요.

야나오카   하지만 솔직히 아쉽기는 해요. 그 집, 제법 마음에 들었거든요. 신축이나 마찬가지고요.

필자   그러고 보니 지은 지 몇 년이나 됐죠?

야나오카 분명 작년 봄철에 지었다고 들었으니, 1년 하고 조
       금 더 됐네요.

새로 지은 단독주택을 고작 1년 만에 처분했다는 뜻이다.
짧아도 너무 짧다.

필자   저어, 그냥 좀 궁금해서 그러는데요. 그 집 전 주인
       은 지금 어디 사는지 아십니까?
야나오카 아니요, 그건 모르겠습니다. 개인정보니 뭐니 해서
       부동산 중개소에서도 분명 안 가르쳐 줄 것 같은데
       요?
필자   그렇겠죠.
야나오카 공연히 마음 쓰시게 해서 정말 죄송합니다! 다음에
       밥 한번 살게요!

전화를 끊은 후 스마트폰으로 뉴스 사이트에 들어갔다. '도
쿄도에서 시신 발견'이라는 헤드라인이 표시돼 있었다.

8일, 도쿄도 ○○구의 잡목림에서 남성의 시신이 발견됐다. 경시청 ○○서는 남성의 사인과 신원을 조사 중이다.

한편 ○○서에 따르면 머리, 팔다리, 몸통 등 절단된 신체 부위는 모두 한군데 묻혀 있었지만, **왼손만 발견되지 않았다**고 한다.

'왼손만 발견되지 않았다.' ……대체 어떻게 된 걸까.

덧붙여 '한군데 묻혀 있었다'는 부분도 마음에 걸린다. 토막 낸 시체는 대부분 여러 곳에 나누어 숨긴다. 그래야 발견 및 수사를 늦춰서 범인이 시간을 벌 수 있기 때문이다. 하지만 한군데 묻었다면, 범인의 목적은 따로 있다고 볼 수 있다.

비밀 구멍에 들어가도록 하기 위해?

아니, 그럴 리 없다. 그건 그냥 공상이다.

나는 마음을 가다듬고 뉴스 사이트를 닫았다. 야나오카 씨가 구매를 포기한 이상, 이제 그 집은 나와 아무 상관도 없다. 잊어버리자. 컴퓨터를 켜고 마감이 얼마 안 남은 원고에 매달렸다. 하지만 좀처럼 집중이 되지 않았다.

창문이 없는 아이 방, 구리하라 씨의 가설, 실제로 일어난 사건.

그 집은 대체…….

기사

그로부터 1주일이 지나도록 나는 그 집의 존재를 잊지 못했다. 일을 할 때도 밥을 먹을 때도 머릿속 한구석에는 꼭 그 평면도가 있었다. 하루에 몇 번이나 뉴스 사이트에 들어가서 얼마 전 발생한 토막 살인 사건에 진전이 없는지 확인했다.

그러다 친분이 있는 편집자에게 이 이야기를 해 봤다. 그러자 그는 "그 집을 소재로 기사를 써 보면 어때? 기사를 읽은 사람이 정보를 제공해 줄지도 모르잖아." 하고 제안했다.

솔직히 망설였다. 실제로 존재하는 집에 대해 근거 없는 억측을 쓰려니 무슨 탈이라도 나지 않을까 걱정됐다.

하지만 그와 동시에 그 집에 대해 좀 더 알고 싶다는 호기심이 발동한 것도 사실이었다.

결국 독자가 어느 집인지 알아내지 못하도록 구체적인 지명과 집의 겉모양새는 숨긴 채 기사를 발표하기로 했다. 정보를 모은다는 목적은 달성하지 못할지도 모른다. 하지만 뭔가 새로운 의견을 얻을 수 있을지도 모른다는 기대를 품었다.

이때만 해도 설마 이 기사 때문에 그토록 무시무시한 사실을 알게 될 줄은 꿈에도 몰랐다.

제2장

묘한 평면도

한 통의 메일

기사를 공개한 후 독자에게 메일이 몇 통 왔다. 대부분은 기사를 읽은 감상이었지만, 그중에 그냥 넘길 수 없는 메일이 하나 있었다.

뜬금없지만 실례를 무릅쓰고 연락드립니다. 저는 미야에 유즈키라고 합니다.

요전에 공개된 기사를 읽었습니다.

그 집에 대해 짚이는 구석이 있습니다.

괜찮으시다면 답신 주시기 바랍니다. 잘 부탁드립니다.

미야에 유즈키
전화번호 ○○○-○○○○-○○○○

가슴이 철렁했다. 다시 말하지만 기사에서는 지명과 집의 겉모양새는 밝히지 않았다. 설령 근처에 사는 사람이 읽어도 그 집인지 알아차리기는 불가능하리라. 그렇다면 **그 집의 구조에 대해 짚이는 구석이 있다**는 뜻일까.

장난인가도 싶었지만, 그런 것치고는 이름과 전화번호까지

밝혔고 문체도 아주 정중하다. 어쨌거나 이대로는 답답해서 못 견딘다. 일단 메일을 발송한 인물과 연락해 보기로 했다.

몇 차례 메일을 주고받은 결과 다음과 같은 사실을 알았다.

- 메일을 보낸 미야에 유즈키 씨는 사이타마현에 사는 회사원이다.
- 미야에 씨는 그 집에 관해 어떤 사실을 알고 있다.
- 그 사실을 내게 알리고 싶지만, 복잡한 내용이라 직접 만나서 이야기하길 원한다.

솔직히 직접 만나기는 불안했다. 메일만 봐서는 미야에 씨가 어떤 인물인지 판단할 수 없다. 혹시나 그 집의 관계자이기라도 하면……?

하지만 여기서 꽁무니를 빼면 그 집의 수수께끼는 영영 풀 수 없다.

이건 기회다. 나는 마음을 단단히 먹고 미야에 씨와 만날 날짜를 잡았다.

* * *

다음 주 토요일, 약속 장소로 향했다. 도쿄 도내의 번화가에 있는 카페다. 어중간한 오후 시간이라 그런지 카페는 한산했다. 미야에 씨는 아직 도착하지 않았다.

나는 커피를 시키고 기다렸다. 긴장 때문에 손에 땀이 흥건했다.

잠시 기다리자 한 여자가 카페에 들어왔다. 검은색 단발머리에 베이지색 와이셔츠, 나이는 이십 대 중반쯤일까. 손에는 큼지막한 핸드백을 들었다. 사전에 특징을 알려 준 덕분에 그여자가 미야에 씨라는 걸 금방 알아보았다.

손을 들어 신호를 보내자 미야에 씨도 나를 바로 알아본 것 같았다.

미야에   굳이 나오시라고 해서 죄송해요. 귀찮으셨을 텐데 나와 주셔서 감사합니다.

필자   아니요, 미야에 씨야말로 먼 곳까지 일부러 와 주셔서 감사합니다. 일단 마실 것부터 시키시죠.

미야에 씨는 아이스커피를 주문했다. 나는 일단 미야에 씨가 (적어도 겉보기에는) 보통 사람이길래 안심했다. 그리고 잠시 하잘것없는 잡담을 나누었다. 미야에 씨는 현재 사이타마현에서 사무직으로 일하며 맨션에 혼자 살고 있다고 한다.

아이스커피가 나오자 나는 본론을 꺼냈다.

필자　　그런데 '그 집에 대해 짚이는 구석이 있다'고 메일에 쓰셨잖아요. 그건 무슨 뜻입니까?

미야에　네. 실은…….

미야에 씨는 고개를 약간 숙이고, 주변을 신경 쓰듯 작은 목소리로 말했다.

미야에　제 남편이…… **그 집 사람에게 살해당했을지도 몰라요.**

또 하나의 집

예상치도 못한 말이었다. 미야에 씨는 "차례대로 차근차근 설명할게요." 하고 자세한 경위를 이야기했다.

미야에   제 남편, 미야에 교이치는 3년 전 9월에 아는 사람의 집에 다녀오겠다며 집을 나선 후 행방불명됐어요. 어디로 갔는지도 누구 집에 갔는지도 모르고, 목격 정보도 없어서 결국 찾지 못하고 수색이 중단됐죠.
그런데 몇 달 전에 사이타마현의 산속에서 시신이 발견됐어요. DNA 검사 결과 남편의 시신으로 확인됐죠. 그런데 시신에 이상한 점이⋯⋯. 실은 **왼손이 없었어요.**

필자   뭐라고요?!

얼마 전에 일어난 사건에서도 피해자의 왼손만 발견되지 않았다.

미야에　경찰 말로는 날붙이로 잘라 냈을 가능성이 높다고 하더군요.

다만 알아낸 건 그 정도뿐이고, 범인을 밝혀낼 단서는 전혀 없었대요. 남편에게 무슨 일이 있었던 걸까, 누구에게 살해당한 걸까, 왜 왼손을 잘라 내야 했을까. 어떻게든 진상을 알고 싶어서 신문과 인터넷을 뒤지며 사건과 관련 있을 법한 정보를 모았죠. 그러다 우연히 작가님이 쓰신 기사를 본 거예요.

'피해자의 왼손만 발견되지 않았다.' ……저희 남편의 시신과 똑같아요.

그리고 '집에 찾아온 손님을 살해'했다는 점. 어쩌면 남편이 갔다는 '아는 사람의 집'은 그 집이 아닐까 싶었죠.

물론 그것만으로 두 사건을 결부시키는 게 억지라는 건 알아요. 하지만 아무래도 무관하다고 넘어갈 생각은 안 들어서…….

필자　그렇군요. 확실히 공통점은 있어요. 다만 그 집이 지어진 건 작년 봄철입니다. 남편분이 행방불명되신 건 3년 전이고요. 즉…….

미야에	남편이 사라졌을 때, **그 집은 아직 존재하지 않았다**는 뜻이죠.
필자	네.
미야에	실은 그와 관련해 봐 주셨으면 하는 게 있어요.

미야에 씨는 핸드백을 열고 클리어파일을 꺼냈다. 클리어파일에서 종이 한 장을 꺼내 테이블에 내려놓았다. 평면도가 인쇄된 종이였다.

필자	이 평면도는?
미야에	그 집 사람이 예전에 살았을 가능성이 있는 집이에요.
필자	예전에 살았다고요?
미야에	도쿄의 집은 작년에 지어졌죠. 그럼 그전에는 어디 살았을까 궁금하더라고요. 그 기사의 내용이 사실이라면, 거기서도 역시 아이를 이용해 사람을 죽였을지도 몰라요. 그렇다면 예전에 살던 집에도 '창문 없는 아이 방'과 '살인 현장으로 이어지는 통로'가 있지 않았을까 싶

었어요.

그리고 만약 그 집이 매물로 나왔다면, 어딘가에 부동산 정보가……, 평면도가 실려 있을 거예요.

저는 부동산 중개소의 홈페이지를 이 잡듯이 조사해서 그 집과 구조가 비슷한 집을 찾아내기로 결심했어요.

필자 말씀이야 그렇지만, 전국에 매물로 나온 집은 굉장히 많을 텐데요.

미야에 실마리는 있었어요. 그 집은 분명 사이타마현에 있을 걸로 짐작됐거든요.

필자 어째서요?

미야에 남편이 행방불명된 후, 방을 정리하다 책상 서랍에서 장지갑을 발견했어요. 남편은 생전에 지갑 두 개를 나누어 썼는데요.

하나는 만 엔짜리 지폐와 신용카드를 넣어 다니는 장지갑. 이건 멀리 외출할 때나 뭔가 비싼 물건을 살 때만 사용했어요. 또 하나는 평소 사용하는 작은 지갑인데, 여기에는 전철 정기권과 소액권을 넣어 다녔죠.

장지갑을 두고 갔으니, 남편이 간 집은 그리 멀지 않은 곳에 있다는 뜻이에요.

적어도 현 밖으로는 나가지 않았을 것 같았어요. 그래서 과거 3년간, 사이타마현……, 특히 저희가 살던 집 근처에 매물로 나온 집을 집중적으로 조사했죠.

미야에 씨는 테이블로 시선을 떨어뜨렸다.

필자 이게…… 그 결과 찾아낸 집의 평면도라는 말씀입니까……?

미야에 네. 저희 집에서 걸어서 20분 정도 걸리는 곳에 있었어요.

솔직히 나는 별로 수긍이 되지 않았다. 그런 집이 또 있다는 게 말이 될까. 반신반의하며 평면도를 집어 들었다.

아주 묘하게 생겼다.

현관, 화장실, 거실, 그 옆에 있는 삼각형 방. 무슨 방일까.

2층 구조를 확인했다. 그 순간 등골이 오싹해졌다.

창문 없는 아이 방. 전용 화장실. 그 집과 똑같다.

필자   확실히⋯⋯ 비슷하네요. 아이 방이.

미야에   그뿐만이 아니에요. 1층 욕실을 보세요.

필자   아⋯⋯. 창문이 없네요.

미야에   네. 그리고 탈의실 왼편에 있는 작은 방. 어쩐지 도
쿄의 집에 있던 '수수께끼의 공간'과 비슷하지 않나
요? 이 방은 아이 방 바로 밑에 있어요.

필자   요컨대 만약 아이 방 바닥에 이 공간으로 통하는 비
밀 구멍이 있다면.

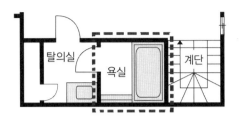

미야에 아이 방과 탈의실을 연결하는 통로로 사용할 수 있 겠죠. 이 방, 탈의실 쪽에 작은 문이 달려 있잖아요.

아이는 비밀 구멍을 통해 이 공간으로 내려와 숨을 죽인 채 숨어 있다. 손님이 씻으러 온다. 기회를 노려 탈의실을 지나 욕실에 침입해, 목욕 중인 손님을 살해한다. 방식은 조금 다 르지만 아이 방에서 욕실로 이어지는 경로가 있다는 점에서 는 도쿄의 집과 동일하다. 어디까지나 구리하라 씨의 가설이 옳다는 전제하의 이야기지만…….

미야에 어떻게 생각하세요……?

필자 솔직히 평면도를 보기 전까지는 설마 싶었지만, 이 렇게까지 공통점이 많으니 뭔가 관계가 있을 듯한 느낌이 드네요.

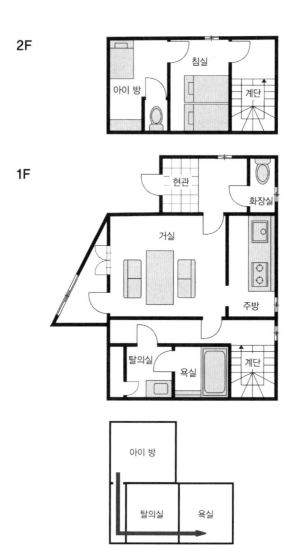

2F

아이 방
침실
계단

1F

현관
화장실
거실
주방
탈의실
욕실
계단

아이 방
탈의실
욕실

우연이라고는 생각할 수 없다. 그런데 이 집에 정말로 도쿄의 그 집에 살았던 가족이 살았을까.

필자	이 집은 언제 매물로 나왔습니까?
미야에	2018년 3월이요.
필자	작년 봄이로군요. 도쿄의 그 집이 완공된 시기와 일치해요.
	그런데 아직 팔리지 않았나요?
미야에	실은…… 이제 없대요, 이 집.
필자	없다니요?
미야에	정보 사이트에 '게시 종료'라고 적혀 있길래 사려는 사람이 생겼나 싶었는데, 부동산 중개소에 문의해 보니 몇 달 전에 불이 나서 전소했대요.
필자	……전소라고요.
미야에	얼마 전에 주소를 알아내서 가 봤는데요. 이미 불탄 흔적을 정리해서 빈터만 남았더라고요.
	집이 남아 있으면 여러모로 조사할 방법이 있었을 텐데요. 이 방도 그렇고, 궁금하잖아요. 무슨 방이었을까.

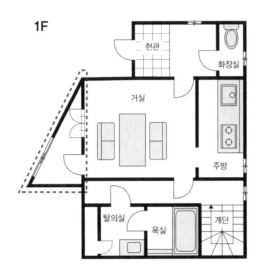

1F

현관
화장실
거실
주방
탈의실
욕실
계단

미야에 씨는 삼각형 방을 가리켰다.

미야에   이 집에는 아직 알 수 없는 점이 많아요. 하지만 좀
더 정보를 모아서 이 집에 대해 좀 더 알아내면, 남
편을 죽인 범인에게 다다르지 않을까. 그런 기분이
들어요. 뭐, 아무 확증도 없지만⋯⋯.

필자   그렇군요. 알겠습니다. 일단 이 평면도를 설계사 구
리하라 씨에게 보여 주고 의견을 물어볼게요. 이거,
복사해도 될까요?

미야에	드릴게요. 그냥 가져가셔도 돼요. 그리고 참고가 될지 모르겠지만, 일단 이것도. 부동산 사이트에서 이 집의 정보가 실려 있던 웹 페이지를 인쇄한 거예요.
필자	감사합니다. 잘 쓰겠습니다.
미야에	바쁘실 텐데 도와주셔서 정말 죄송하고 감사합니다. 구리하라 씨께도 안부 전해 주세요.

우리는 카페를 나섰다. 강한 햇빛이 내리쬐어서 바로 땀이 솟았다.

필자	저어……. 이런 걸 여쭤보려니 죄송하지만, 남편분이 생전에 남과 다투는 등, 무슨 문제에 휘말린 적은 없었습니까?
미야에	네, 제가 알기로 그런 일은 전혀 없었어요. 참 착실한 사람이라 살해당할 만큼 남에게 원한을 샀다고는…… 생각하기가 힘드네요.
필자	그렇군요……. 범인이 빨리 잡히면 좋겠네요.
미야에	네. ……빨리 잡혀서 진실을 말해 줬으면 해요.

역에서 미야에 씨와 헤어져 전철을 타고 귀갓길에 올랐다. 자리에 앉아 미야에 씨에게 받은 자료를 훑어보았다.

'○○부동산 주택 정보 사이트'……. 주소, 건물과 정원 면적, 역까지의 거리 등이 적혀 있다. **건축 년수 3년(2016년 완공)**이라는 글씨에 시선이 멈췄다. 이 집이 매물로 나온 건 2018년. 지은 지 고작 2년 만에 집을 내놓았다는 뜻이다. 그러고 보니 도쿄의 그 집은 지은 지 1년 만에 매물로 나왔다.

과연 이 집에서 정말로 살인이 벌어졌을까.

솔직히 구리하라 씨의 추리를 들었을 때도, 기사를 썼을 때도, 나는 진심으로 믿지는 않았다. 실제로 근거 없는 억측에 지나지 않았으니까.

하지만 오늘 미야에 씨와 만나서 억측이 현실성을 띠고 말았다.

그렇지만 '아이를 이용하는 살인 청부업자'라는 구리하라 씨의 가설에는 역시 조금 위화감을 느꼈다. 뭔가 다른 사정이 있었던 것 아닐까 싶은 기분이 들었다.

그러고 보니. 스마트폰을 꺼내 '미야에 교이치'를 검색해 보았다. 뉴스가 몇 개 나왔다. 그중 하나를 확인했다. 올해 7월에 올라온 기사다.

지난달 25일, 사이타마현 ○○시에서 발견된 시신의 신원은 2016년에 행방불명된 미야에 교이치 씨로 밝혀졌다. 미야에 씨의 시신은 왼손이 절단된 채……

나는 '왼손이 절단된 채'라는 말에 주목했다.

바꿔 말하면 **왼손 말고는 절단되지 않았다**는 뜻이다. 즉, **미야에 교이치 씨의 시신은 여러 개로 토막 나지 않았다.**

스마트폰을 조작해 다른 웹 페이지로 들어갔다. 도쿄에서 발견된 시신에 관한 뉴스다. 여전히 진전은 없다.

두 사건에는 왼손이 발견되지 않았다는 공통점이 있다. 하지만 한쪽은 시신을 토막 냈고, 한쪽은 그렇지 않다. 과연 범인은 동일인일까.

차이

집에 돌아온 후, 미야에 씨에게 받은 평면도와 도쿄에 있는 그 집의 평면도를 비교해서 살펴보았다.

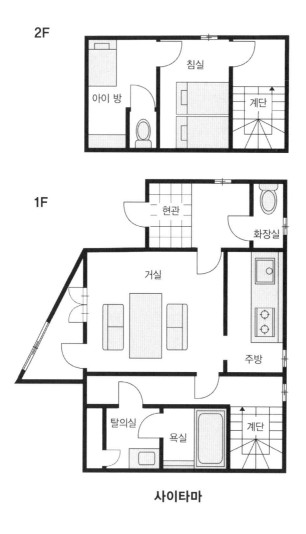

2F

아이 방
침실
계단

1F

현관
화장실
거실
주방
탈의실
욕실
계단

사이타마

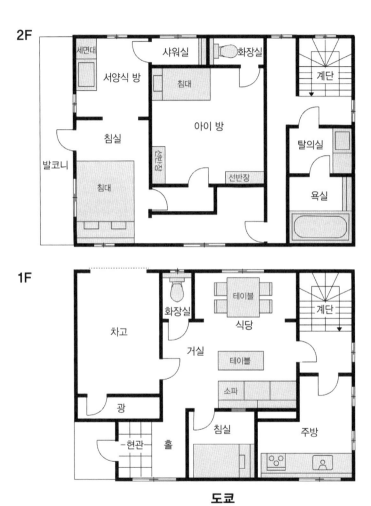

2F

세면대

서양식 방

침실

발코니

침대

사워실

침대

아이 방

선반장

선반장

화장실

계단

탈의실

욕실

1F

차고

광

화장실

테이블

식당

거실

테이블

소파

침실

현관

홀

계단

주방

도쿄

공통점은 많다. 하지만 다른 부분도 있다.

예를 들면 사이타마의 집에는 차고가 없다. 그리고 차고가 없으니 당연히 '시신을 처리하기 위한 경로'도 이 집에는 존재하지 않는다.

그때 어떤 사실을 깨달았다.

사이타마의 집에서 살인이 벌어졌을 경우, 시신을 **비밀 구멍으로 통과시킨다**는 작업이 없다. 즉, 시신을 잘게 절단할 필요가 없다. 그래서 미야에 교이치의 시신은 토막 나지 않았다……. 그런 걸까. 그럼 어떻게 시신을 밖으로 운반했을까.

* * *

그날 밤, 오늘 있었던 일을 정리한 글과 받은 자료를 메일로 구리하라 씨에게 보냈다. 그러고는 피곤하기도 해서 바로 잠자리에 들었다.

다음 날 아침, 전화벨 소리에 깨어났다. 구리하라 씨의 전화였다.

구리하라 여보세요. 아침 일찍 죄송합니다. 어젯밤에 메일 읽었어요. 뭔가 알아냈는데, 지금 뵐 수 있을까요?

들자 하니 구리하라 씨는 어제 밤새 평면도를 들여다보며 이것저것 생각한 모양이다. 체력이 참 대단하다. 밤을 새웠다는 사람을 불러내기는 미안해서 내가 구리하라 씨의 집에 가기로 했다.

구리하라 씨의 집

구리하라 씨는 세타가야구 우메가오카에 있는 연립주택에 산다. 지은 지 40년이나 되어 결코 깔끔하다고는 할 수 없는 곳이지만, 구리하라 씨는 몹시 마음에 드는 모양이다.

역에서 걸어서 20분. 10월인데도 아직 더위가 가시지 않아, 도착할 무렵에는 온몸이 땀으로 흠뻑 젖었다.

초인종을 누르자 구리하라 씨가 티셔츠에 반바지 차림으로 나왔다. 직접 만나는 건 오랜만이지만, 짧게 깎은 머리와 덥수룩한 턱수염이라는 스타일은 변하지 않았다.

구리하라   먼 길 오시느라 고생하셨어요. 많이 덥죠? 정신 사
         납게 어질러 놨지만, 들어오세요.

안으로 들어갔다. 다다미 여덟 장* 크기의 거실에는 책이
어지러이 널려 있었다. 건축 관련 서적도 많지만, 그 이상으
로 추리소설이 많다.

필자   변함없이 책이 아주 많네요.
구리하라   이야, 번 돈이 대부분 책으로 나가죠, 뭐.

구리하라 씨는 그렇게 말하며 보리차를 내어 주었다. 한숨
돌린 후, 구리하라 씨는 테이블에 종이 한 장을 내려놓았다.

구리하라   어제 보내 주신 평면도를 인쇄한 거예요. 깜짝 놀랐
         습니다. 설마 한 채가 더 있을 줄이야.
필자   저도 처음으로 봤을 때는 눈을 의심했어요.
구리하라   그나저나 미야에 씨라는 분은 참 대단하시네요. 얼

* 다다미 한 장은 약 0.5평. 즉 1.6제곱미터다.

74

마 안 되는 정보를 토대로 이런 걸 찾아내다니.

필자 역시…… 남편을 죽인 범인을 찾아내겠다는 집념이 강해서일까요……. 그러고 보니 미야에 씨가 궁금해했는데요. 이 삼각형 방. 이거 무슨 방인지 아시겠어요?

구리하라 기묘한 방이에요. 자세하게는 모르겠지만, 딱 하나는 확실해요. **이건 증축한 방입니다.**

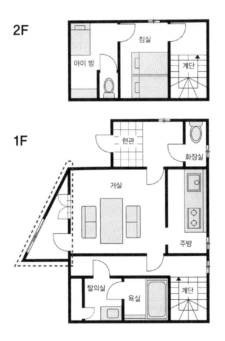

삼각형 방

필자   증축? 뭘 보면 그걸 알 수 있습니까?

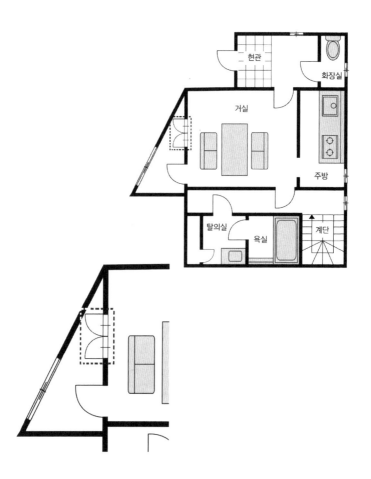

구리하라 삼각형 방과 거실 사이에 창문이 있잖아요.

'실내창'이라고 해서 방과 방 사이에 창문을 내는 건 드문 일이 아니지만, 이런 유형의 창문은 별로 사용하지 않아요. '쌍여닫이창'이라는 건데요, 활짝 열면 삼각형 방을 공간적으로 많이 압박하는 느낌이에요.

필자 확실히 그러네요. 벽에 닿을락 말락 해요.

구리하라 그리고 '쌍여닫이창'은 통기성과 채광성이 뛰어난 것이 특징인데요, 이 위치에서는 삼각형 방의 벽에 막혀서 바람이고 빛이고 거의 들어오지 않습니다. 창문으로서 제 기능을 못 하는 거예요. 그럼 왜 이런 곳에 창문이 있느냐.

이 창문이 원래는 **밖에 면해 있었기** 때문이 아닐까 싶습니다.

구리하라 씨는 삼각형 방을 손으로 가렸다.

구리하라 당초 이 집을 지었을 때, 삼각형 방은 존재하지 않았던 거죠. 보세요. 삼각형 방이 없으면 아주 일반적인 형태의 집이에요. 거실 창문으로 밖이 보이고,

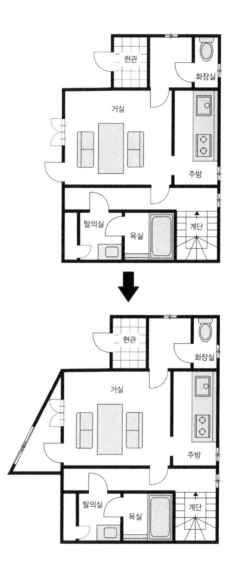

문은 정원으로 나가기 위한 용도였겠죠.

필자 원래 정원이었던 곳에 삼각형 방을 증축했다는 말씀이시군요. 그런데 왜 이런 방을 만들었을까요?

구리하라 만든 목적은 모르겠지만, **이 방이 삼각형인 이유**는 어느 정도 추측이 가능합니다.

필자 네?

구리하라 씨는 노트북컴퓨터를 테이블에 올렸다. 화면에는 상공에서 찍은 사진이 떠 있었다.

구리하라 어제 보내 주신 자료에 적혀 있던 주소를 인터넷으로 찾아봤어요. 어디 보자……. 여기네요.

구리하라 씨가 가리킨 곳에는 담으로 둘러싸인 사다리꼴 모양의 빈터가 있었다. 화재가 발생한 후에 찍은 것이리라. 구리하라 씨는 메모장을 꺼내 빈터의 모양을 베껴 그렸다.

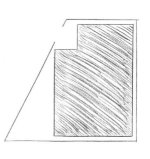

구리하라 이 집은 원래 사다리꼴 모양 택지에 지은, 이런 모양의 집이었습니다. 삼각형 모양으로 남은 땅은 정원으로 활용했고요. 이 집에는 베란다가 없잖아요. 어쩌면 빨랫줄 같은 걸 설치해 두지 않았으려나요. 그 후에 **무슨 이유**로 방을 증축해야 했습니다. 그래서 택지 구획에 맞춰 삼각형 방을 만든 거예요.

필자 아아, 삼각형으로 만들 수밖에 없었던 거로군요.

구리하라 그렇죠. 다만 그래도 의문은 남습니다.

구리하라 씨는 메모장에 그림을 덧붙여 그렸다.

구리하라 예를 들어 이런 식으로 네 모난 방을 증축할 수도 있을 거예요. 면적은 크게 다르지 않고, 이쪽이 방으로서 활용도가 높죠. 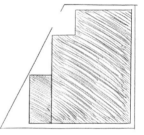 시공하기도 편하고요. 그럼 왜 그러지 않았을까. 생각해 볼 수 있는 이유는 정원입니다.

구리하라 네모난 방을 증축하면 작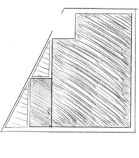
은 공간 두 개가 남죠. 이
래서야 정원으로 활용하기
힘들어요. 하지만 삼각형
방이라면 나름대로 넓은
공간이 남습니다.

필자 그럼 정원을 남기기 위해 삼각형 방을 만들었다는
말씀이세요?

구리하라 일단은 그렇게 생각했죠. 하지만 잘 생각해 보니 이
상하더라고요. **정원으로 나가기 위한 문이 없거든
요.** 원래는 거실 문이 정원으로 통했어요. 하지만
삼각형 방을 증축한 후로는 그 문을 사용할 수 없게
됐죠. 다른 방에도 정원으로 통하는 문은 없고요.
즉, 어디서도 정원으로 나갈 수가 없습니다.

필자 음……. 하지만 현관에서 삼각형 방 옆을 통과하면
갈 수 있지 않을까요?

구리하라 그게 불가능해요. 어제 위성사진과 자료를 참고해
계산해 봤는데, 담과 삼각형 방의 틈새는 기껏해야
20에서 30센티미터 정도라는 걸 알았죠. 어른이 지

나갈 수 있는 넓이가 아니에요.

필자　그럼 어디서도 정원에 드나들 수 없다……?

구리하라　그런 셈이죠. 설마 담 위를 걸어서 드나들지는 않았을 테니까요. 즉, 삼각형 방을 증축한 뒤로, 이 정원은 사용되지 않은 겁니다.

필자　그럼 왜 굳이 이 공간을 남겼을까요?

구리하라　일부러 남긴 게 아니라 남길 수밖에 없었을 거예요. 요컨대, **이 공간에는 방을 만들 수 없었던**거죠.

필자　그건 무슨 뜻인가요?

구리하라　건물을 지을 때 '말뚝박기'라고 해서 지면에 길쭉한

받침 기둥을 박는 공정이 있는데요. 이 공간은 어떤 사정 때문에 말뚝박기를 할 수 없는 곳이 아니었을 까 싶네요.

필자 어떤 사정?

구리하라 예를 들어 지반이 너무 단단하거나, 반대로 너무 물러도 말뚝박기를 못 해요. 하지만 이 좁은 공간만 지반의 성질이 다르지는 않겠죠. 그렇다면 생각해 볼 수 있는 건, **이 공간 밑에 뭔가 있었을 가능성**입니다. 예를 들면······ 지하실이라든가.

필자 네?!

메워진 방

구리하라 다른 이야기인데, 이 집에는 창고가 없잖아요.

가령 이 집에서 살인이 벌어졌다고 치고, 차가 없으면 시체를 밖으로 옮길 수 없겠죠. 렌터카를 사용했 든지 주차장을 빌렸을지도 모르지만, 그럴 경우 집 옆에 차를 대고 시체를 실어야 해요. 그럼 남에게 들킬 위험성이 있겠죠. 사람을 죽이기 위해 집까지 짓는 인물이, 그런 짓을 하지는 않을 겁니다. 그렇다면 시체를 어떻게 처리했을까요?

제 생각에는 **시체를 집 안에 감춰 두지 않았을까** 싶어요.

필자　시체 보관소가 있었다는 말씀입니까?

구리하라　그렇죠. 그럼 그건 어디일까요?

일정한 넓이와 냄새가 새어 나가지 않을 밀폐성을 보장하면서 주거 공간과는 분리된 곳. 물론 밖에서 보이지 않는 것도 중요해요. 이 집에 그러한 조건을 충족시키는 방은 없습니다. 그렇다면 역시 지하실의 존재를 고려해 볼 수 있겠죠.

구리하라 씨는 탈의실 옆쪽 공간을 가리켰다.

구리하라　이 공간은 '통로'인 동시에 **지하실 입구**이기도 하지 않았을까요? 부부는 욕실에 있는 시체를 이 공간까지 끌고 와서 문을 열고 그대로 지하실에 넣는다. 이걸로 시체 처리가 끝납니다.

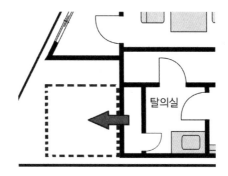

필자　하지만 지하실이 있다면 평면도에 그려져 있지 않을까요?

구리하라　이 평면도는 부동산 정보로 웹 사이트에 게시된 거 잖아요. 다시 말해 집이 매물로 나왔을 때 부동산 중개소에서 만든 겁니다. 그 전에 지하실을 메워 버린 것 아닐까요?

필자　그렇다면…… 지금도 땅 밑에는 시체가……?

구리하라　아니요, 그럴 가능성은 거의 없어요. 집을 처분한 이상, 언제 땅을 파헤칠지 모르니까요. 지하실을 메우기 전에 다른 곳에 감췄겠죠. 실제로도 미야에 교이치 씨는 산속에서 발견됐고요.

필자　하긴…….

변화

구리하라   하지만 그렇다면 수수께끼는 삼각형 방이네요. 왜 위험을 감수하면서까지 이런 방을 만들었을까요?

필자   위험이라니요?

구리하라   방을 증설하는 공사는 규모가 꽤 커요. 당연히 업자가 자주 집에 드나들 테고, 이웃들의 시선도 끌겠죠. 부부 입장에서는 그야말로 아슬아슬한 줄타기를 하는 상황입니다.

그런 위험을 감수하면서까지 방을 만들어야 할 이유…… 대체 뭐였을까요?

그때 창밖에서 12시를 알리는 벨소리가 들렸다.

구리하라   벌써 점심 먹을 때인가. 그럼 배달이라도 시켜 먹을까요?

우리는 근처 메밀국수집에 점심을 주문했다. 메밀국수가 오는 동안 내내 품고 있었던 생각을 구리하라 씨에게 상의하기로 했다.

필자 실은 이번에 도쿄의 그 집에 가 보려고요.

구리하라 왜요?

필자 사이타마에 있었던 집은 불타 버렸지만, 도쿄의 집
은 아직 매물로 나와 있어요. 부동산 중개소에 부탁
하면 집을 보여 주겠죠. 집 안에서 무슨 단서나, 더
나아가 살인의 증거가 발견된다면 그 집이 정말로
살인에 사용됐다는 게 확실해질 거예요. 그러면 경
찰도 움직일 테고요.

구리하라 ……어려울 것 같은데요.

필자 그래요?

구리하라 집을 내놓을 때 업자가 심사했을 겁니다. 심사에 통
과했으니 적어도 맨눈으로 살펴보고 알 수 있을 만
한 증거……, 예를 들면 핏자국이나 피해자의 유류
품 같은 것들은 남아 있지 않다는 뜻이에요. 비밀
구멍도 막아 버리지 않았을까요?
뭐, 전문 기술을 사용하면 피해자의 DNA 같은 건
검출할 수 있을지도 모르지만, 집을 보러 가서 그러

기는 불가능하겠죠. 그보다 지금 저희가 할 수 있는 일은 이 평면도의 수수께끼를 완벽하게 해명하는 거예요.

필자 삼각형 방 말씀입니까?

구리하라 그것도 그렇지만, 저는 두 집의 '차이'가 마음에 걸리네요.

구리하라 씨는 두 집의 평면도를 나란히 놓았다.

구리하라 이를테면 창문 개수 같은 것 말이에요. 사이타마의 집은 창문이 극단적으로 적어요. 도쿄의 집은 마치 집 안을 들여다봐 달라는 듯이 창문이 많았는데 말이죠.

아이 방의 문도 달라요. 도쿄의 집은 이중문인 반면, 사이타마의 집은 문이 하나밖에 없어요. 그 옆쪽 부부 침실에도 차이가 있고요. 사이타마의 집에는 싱글베드가 두 개 있죠. 즉, 이 집에서는 부부가 따로 잤다. 하지만 도쿄의 집에서는 더블베드에서 함께 잤다. 이사를 계기로 부부 사이가 좋아졌다는

2F

1F

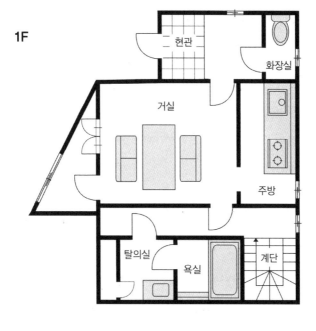

사이타마

이야기는 별로 못 들어 봤는데 말이에요. 그들 사이에 과연 어떤 변화가 있었던 걸까요?

두 집에 같은 사람이 살았다면, 왜 이 같은 '차이'가 생겼을까. 그 이유를 알면 그 가족의 정체에 다가갈 수 있을 것 같네요.

필자 과연, 그렇군요.

구리하라 뭐, 하지만 도쿄의 집을 보러 가는 것 자체는 나쁘지 않겠어요. 겉모습만 보고도 뭔가 알아낼 수 있을지도 모르니까요. 아, 슬슬 올 때가 됐나?

식사를 마치고 구리하라 씨의 집을 나섰다. 전철을 타고 돌아오는 길에 오늘 나눈 이야기를 메모장에 정리했다.

- 삼각형 방은 뭔가 이유가 있어 증축했다.
- 정원 밑에는 시체를 보관하기 위한 지하실이 있었을 가능성이 있다.
- 도쿄의 집과 차이점은 '창문 개수', '아이 방의 문', '부부 침대'.

2F

세면대 · 서양식 방 · 샤워실 · 화장실 · 침대 · 계단 · 아이 방 · 침실 · 발코니 · 침대 · 선반장 · 탈의실 · 욕실

1F

차고 · 화장실 · 테이블 · 식당 · 계단 · 거실 · 테이블 · 소파 · 광 · 침실 · 주방 · 현관 · 홀

도쿄

집에 도착하자 메모한 내용을 글로 정리해서 미야에 씨에게 메일로 보냈다. 몇 시간 후, 답신이 왔다.

안녕하세요. 미야에입니다.

덕분에 잘 지내고 있습니다.

연락해 주셔서 감사합니다.

평면도만 보고서 이렇게까지 상세한 정보를 알아낼 수 있구나 싶어 놀랐습니다. 구리하라 씨에게도 감사하다는 말씀 전해 주십시오.

또 제 사정만 앞세워서 죄송하지만, 한 번 더 뵐 수 없을까요? 답례를 드리는 김에 한 가지 알려 드릴 것도 있어서요. 도쿄로 갈 테니 혹시 괜찮으시면 편하신 날을 알려 주시기 바랍니다.

미야에 유즈키

도쿄의 집

다음 주 일요일, 아침 일찍 집을 나섰다. 미야에 씨와는 오후 3시에 만나기로 했다. 하지만 그 전에 어떤 곳에 들르기로 했다.

도쿄의 집. 모든 일의 발단인 그 집이다. 구리하라 씨 말처럼 겉모습만 보고도 뭔가 알아낼 수 있을지 모른다.

근처 역에서 내린 후 10분쯤 걸었을까. 그 집은 한적한 주택가에 있었다.

하얗게 칠한 벽, 푸른 잔디를 심은 정원. 겉모습은 아주 평범하다. 현관에는 '매물'이라고 적힌 팻말을 붙여 놓았다. 이 집에서 살인이 벌어졌다니 상상도 할 수 없다. 나는 신기한 기분으로 집을 바라보았다.

그런데 느닷없이 목소리가 들렸다.

"가타부치 씨라면, 이사 간 지 좀 됐어요."

그쪽을 보자 이웃집 정원에 한 여자가 작은 개를 끌어안고 서 있었다. 아주 싹싹해 보이는 오십 대 여자다.

여자	그쪽은 가타부치 씨의 친구?
필자	가타부치 씨…… 는 누구시죠?
여자	예전에 그 집에 살던 사람요.

'가타부치'……. 그 가족의 성씨.

여자	가타부치 씨 친구 아니에요? 그 집에는 무슨 볼일이에요?

난감했다. 설마하니 '살인 주택을 보러 왔다'고는 말할 수 없다.

필자	음……. 실은 곧 이사할 생각이라, 요 부근에 좋은 매물이 없는지 산책도 할 겸 살펴보러 왔어요.
여자	어머, 그렇구나. 요 부근은 조용하니 참 살기 좋은 곳이에요.
필자	확실히 공기도 좋고, 살기 편할 것 같네요.
여자	그 집도 좋은 집이고요. 크고 예쁘잖아요. 가타부치 씨는 이렇게 좋은 집을 놔두고 왜 이사 간 걸까.

필자	그…… 가타부치 씨라는 분은 어떤 분이셨습니까?
여자	아주 사이좋은 가족이었어요. 아이도 얼마나 귀여운지.
필자	네? 가타부치 씨의 아이를 보신 적이 있으세요?
여자	네. 어린 남자애요. '히로토'라고 하는데, 이사 왔을 때, 돌이 된 지 얼마 안 됐다고 들었어요. 자주 엄마랑 외출하곤 했죠.

나는 혼란스러웠다. 이 이야기가 사실이라면 '아이가 감금되어 있었다'라는 가설은 틀린 셈이다.

여자	그런데 어느 날 갑자기 이사 갔지 뭐예요. 얼마나 서운하던지.
필자	어느 날 갑자기요?
여자	네, 이웃사촌인데 한마디 말도 없이…….
필자	인사도 없이 떠났다는 말씀이세요?
여자	그래요. 무슨 사정이라도 있었던 거려나.
필자	혹시 가타부치 씨가 이사 가기 전에 뭔가 평소와 다른 점은 없었습니까?

여자   ……음……. 그러고 보니 우리 집 아저씨가 묘한 광
      경을 봤다고 했어요.

필자   그 이야기를 자세히 들려주실 수 없을까요?

여자   상관은 없지만…… 왜 그렇게 가타부치 씨에 대해
      궁금해하는 거예요?

필자   어……. 그러니까, 제가 호기심이 좀 많아서…….

여자   뭐, 알았어요. 분명…… 석 달쯤 전이었을 거예요.
      우리 아저씨가 밤중에 자다 깨서 화장실에 갔대요.
      우리 집 화장실 창문으로 가타부치 씨 집이 보이는
      데요. 밤중이라 불이 켜져 있었는데, 창문 앞에 누
      가 서 있더래요. 저기, 저 창문이요.

여자가 가리킨 곳은 가타부치 씨의 집 2층, 부부 침실 창문
이었다.

여자   누군가 싶어 자세히 봤더니 처음 보는 아이였대요.

필자   네?!

여자   초등학교 고학년쯤 돼 보이는 창백한 얼굴의 남자
      애였다는데, 옆집에 그런 애는 없거든요. 혹시 친척

아이가 놀러 왔나 싶어서 다음 날 아침에 가타부치 씨에게 물어봤죠. 그랬더니 그런 아이는 안 왔다지 뭐예요.

필자   그건…… 희한하군요.

여자   뭐, 어쨌거나 건강하게 잘 살면 좋겠네요.

여자에게 감사 인사를 하고 그 자리에서 물러났다. 걸음을 옮기는데 소름 끼치는 감각이 가슴속을 스멀스멀 기어올랐다.

아이는 두 명이다.

나는 구리하라 씨에게 전화를 걸어 방금 들은 이야기를 전했다. 부부의 아이 '히로토', 갑작스러운 이사, 그리고 창문 앞에 서 있던 아이……. 구리하라 씨는 말없이 잠깐 생각에 잠겼다가 조용한 목소리로 이렇게 말했다.

"만약…… 아이가 두 명 있었다면, 집 구조의 수수께끼가 풀립니다. 지금 저희 집에 오실 수 있으시겠어요?"

시계를 보자 막 11시가 지났다. 약속 시간까지 아직 꽤 많이 남았다.

나는 구리하라 씨의 집에 가기로 했다.

두 명의 아이

구리하라 씨의 집은 변함없이 책으로 가득했다. 테이블에는 평면도가 펼쳐져 있었다.

필자　깜짝 놀랐어요. 설마 아이가 두 명이었을 줄이야.

구리하라　저도 그 가능성은 간과했네요. 하지만 아이가 두 명이라고 생각하면, 지금까지 수수께끼였던 부분이 단번에 해명돼요. 일단 시간 순서에 따라 사실을 정리해 보죠.

사이타마에 집을 지은 건 2016년. 2년 후, 2018년에 일가는 도쿄로 이사했죠. 이웃 사람의 이야기에 따르면 그때 히로토는 돌이 된 지 얼마 안됐어요. 따라서 히로토가 태어난 건 2017년. 즉, 히로토는 가타부치 일가가 사이타마의 집에 살 때 태어난 아이라는 뜻입니다.

히로토가 태어나기 전에 사이타마의 집에는 세 명이 살았어요. 남편과 아내, 그리고 정체불명의 아이, 임시로 'A'라고 부르죠.

부부는 A를 2층 아이 방에 감금해 놓고 지냈어요.

그런데 어느 날 일가에 이변이 발생했어요. 두 번째 아이, 히로토가 태어난 겁니다. 이 삼각형 방은 히로토를 위해 만든 방 아닐까요?

필자   네?! 아이 방…… 이라는 말씀이세요?

구리하라   그렇습니다. 좀 좁지만 아기 침대 정도는 들일 수 있겠죠. 큰 창문이 있어서 볕도 잘 들 테고요.

필자   하지만 큰아들을 살인에 이용하는 인간이 작은아들을 위해 일부러 방을 새로 만들까요?

구리하라   바로 그겁니다. 이웃 사람의 이야기에 따르면 부부는 히로토를 예뻐해서 자주 데리고 외출했죠. A와

2016	사이타마의 집 완공
2017	히로토 태어남
2018	도쿄로 이사

는 너무도 대우가 달라요.

그러한 점에서 볼 때 **A는 그들의 친아들이 아니었을 가능성**이 대두됩니다. 그러고 보니 요전에 도쿄의 집에는 '가족 세 명이 살았다'고 알려 주셨죠. 그 이야기는 누구한테 들으셨어요?

필자   야나오카 씨요. 야나오카 씨는 부동산 중개소에서 들었다더군요.

구리하라   즉, 가타부치 일가는 부동산 중개소에 거짓말을 한 셈입니다. 실제로는 네 명이었으니까요. 하지만 계약할 때 호적 등본을 제출하면 당장 들통날 거짓말이에요.

끝까지 들통나지 않았으니, 가타부치 일가의 호적 등본에는 A의 이름이 기재되어 있지 않았다는 뜻이죠. 호적이 없는 아이. 어쩌면 팔려 온 아이였을지도 몰라요.

필자   인신매매…….

구리하라   네. 어쨌든 부부는 A에게 전혀 애정이 없었어요. 하지만 그런 인간이라도 자기 아이는 예쁜 법일까요. 친아들인 히로토에게는 애정을 듬뿍 퍼부었죠. 무시무시한 이면성입니다.

　확실히 남의 아이보다 자기 아이가 예쁜 건 당연하다. 그렇지만 아무래도 납득이 안 된다. 가타부치 부부의 인간성을 종잡을 수가 없다.

구리하라　자, 여기서부터는 제 상상입니다.
　　　　　부부는 히로토를 어디서 키울지 고민했어요. 집에서는 일상적으로 살인이 벌어집니다. 그런 곳에서 사랑하는 자기 아이를 키우고 싶지는 않았겠죠. 가능하면 다른 집에서 키우고 싶었을 거예요. 하지만 사정상 무리였겠죠.
　　　　　그래서 어쩔 수 없이 현실과 타협해 이 삼각형 방을 만든 겁니다.
　　　　　평면도를 보면 이 방만 집에서 튀어나온 것처럼 보여요. 어두침침한 살인 주택에서 벗어나 유일하게 햇빛으로 가득한 방. 히로토는 이 방에서 아무것도 모른 채 키워졌어요.
필자　　　그런 한편으로 부부는 A를 감금해 놓고 살인을 강

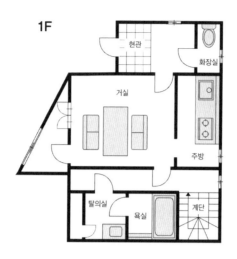

요한 거로군요. 히로토가 행복하기를 바란다면, 방을 만들기보다 살인을 그만둬야 할 텐데요.

구리하라 그만두고 싶어도 그만둘 수 없었던 것 아닐까요?

필자 네?

구리하라 이 부부는 과연 자신들의 의지로 살인을 저지르는 걸까. 전부터 그런 생각이 들었어요. 예를 들어 누군가의 협박에 가까운 지시를 받고 살인을 저질렀을 가능성도 있을 것 같은데요.

필자 주모자가 따로 있다는 말씀입니까?

구리하라 네. 만약 그렇다면 그들의 생활은 지옥입니다. 공포
와 죄책감으로 가득했겠죠. 그런 와중에 태어난 히
로토는 그들에게 유일한 희망이었어요. 히로토를
행복하게 키움으로써 그들은 일종의 구원을 받으려
한 것 아닐까요?

필자 자신들의 인생을 히로토에게 의탁했다는 건가
요…….

구리하라 네, 그렇게 생각하면 이쪽 집도 많이 달라 보이죠.

구리하라 씨는 도쿄의 집 평면도를 테이블 한가운데로 끌어
당겼다.

구리하라 2018년, 일가는 무슨 이유 때문에 도쿄로 이사했습
니다. 이사를 계기로 그들은 새집을 지었죠. 저는
이 집에 대해 잘못 판단했어요. 이 집은 부부가 '살
인'과 '육아'를 양립하기 위해 면밀하게 설계한 집이
었습니다.

두 가지 측면

구리하라 이 집에는 두 가지 측면이 있어요. 빛과 어둠이라고 표현해도 되겠죠.

빛은 거실, 주방, 침실 등 창문이 많으며, 밖에서 보더라도 무엇 하나 부끄럽지 않은 방. 그건 전부 히로토를 위해 만든 방이었을 겁니다. 부부는 그런 방에서 '이상적인 가족'을 연기하며 히로토를 키웠겠죠.

한편으로 이 집에는 '어둠'의 측면도 있어요. 아이 방, 욕실, 수수께끼의 공간. 이렇듯 햇빛이 들지 않는 침침한 방에서 부부는 A에게 살인을 시켰죠. 그

리고 '빛'과 '어둠'의 경계가 되는 장소, 그것이 바로 침실과 아이 방을 연결하는 이중문입니다.

이 평면도를 처음 보았을 때는, 아이가 방에서 달아나지 못하도록 만전을 기하기 위해 이중문을 설치했다고 생각했어요. 하지만 사이타마 쪽은 아이 방에 이중문이 없었죠. 이상하다 싶었어요. 하지만 이제는 그 이유를 알겠네요.

이 이중문은 **A와 히로토가 마주치지 않도록 하기 위한 장치**였던 겁니다.

예를 들어 부부가 A에게 밥을 주기 위해 아이 방에 들어갈 때, 문이 하나뿐이면 A가 히로토를 볼 가능성이 있죠. 하지만 이중문이라면 그런 일을 염려하지 않아도 됩니다.

필자　A는 히로토의 존재를 몰랐을까요?

구리하라　뭐, 같은 집에 사는 이상 목소리는 들릴 테니 전혀 모르지는 않았을 거예요. 다만 실제로 히로토의 얼굴을 보면 A가 어떤 감정을 품을지 모르죠. 어쩌면 자신과는 정반대로 대접받는 히로토를 질투해 해코지할 수도 있어요. 부부는 그게 두려웠을 겁니다. 그들은 A를 지배하는 동시에 두려워하지 않았을까요?

필자 일리 있군요.

구리하라 자, 그러면 더블베드의 수수께끼도 풀립니다. 사이타마의 집에서 부부는 각자 싱글베드를 사용했죠. 하지만 도쿄의 집에서는 더블베드 하나뿐이에요. 이 차이는 뭘까요? 결론부터 말하자면 이 더블베드는 부부의 것이 아니었습니다.

필자 네?

구리하라 이 침대는 히로토와 어머니가 사용했을 거예요. 여기에 침대를 두면 히로토를 돌보면서 아이 방을 감시할 수 있죠. 최악의 경우, A가 탈출하더라도 히로토를 지킬 수 있어요.

침실에서 탈의실이 훤히 보이는 것도, 어머니가 탈의실에 있을 때 침실을 지켜보기 위해서고요.

필자 하지만 그렇다면 아버지는 뭘 했을까요?

구리하라 아마도 집 전체의 감시를 맡았겠죠.

1층 침실. 여기는 손님방으로 사용했을 테지만, 평소에는 아버지의 침실 아니었을까요? 그들은 일상적으로 살인을 저질렀어요. 반대로 자신들의 목숨

2F

- 세면대
- 서양식 방
- 샤워실
- 침대
- 화장실
- 아이 방
- 침실
- 발코니
- 침대
- 선반장
- 선반장
- 탈의실
- 욕실
- 계단

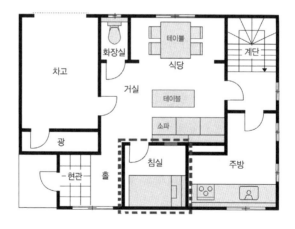

1F

- 차고
- 화장실
- 테이블
- 식당
- 거실
- 테이블
- 계단
- 소파
- 광
- 침실
- 주방
- 현관
- 홀

이 위협당할 위험성도 있겠죠. 아내와 아이를 보호하도록 '성채를 사수하는' 것이 아버지의 역할 아니었을까 싶네요.

필자 하지만 그렇게 따지면 A는 방에 늘 감금당해 있었던 셈인데요. 그러면 옆집 사람이 봤다는 아이의 모습은 뭐였을까요?

구리하라 분명 그날 '무슨 일'이 있었던 겁니다. 적어도 부부에게는 바람직하지 않은 비상사태가. 그러고 보니 옆집 남편은 **아이가 침실 창문 앞에 서 있는 모습을** 봤다고 했죠?

필자 네.

구리하라 침실 창가에는 침대가 있어요. 이 평면도가 맞는다면 '창문 앞에 서 있기'는 불가능해요. 실제로는 A가 **침대 위에 앉아 있었던 겁니다.**

이 방에 침대가 있는 줄 모르는 옆집 남편은 그 모습을 보고서 '창문 앞에 서 있다'고 착각한 거고요.

어머니와 히로토가 자고 있는 침대 위에서 A는 뭘 했던 걸까요?

필자 설마, 두 사람에게 해코지를?

구리하라 ⋯⋯모르겠습니다. 아무튼 일가는 얼마 지나지 않
아 집을 떠났습니다. 그날 밤 일과 관계있을 가능성
이 높아요.

비밀

구리하라 아, 그러고 보니 시간은 괜찮으세요? 오늘 볼일 있
으시죠?

필자 네. 3시에 미야에 씨와 만나기로 약속했어요.

구리하라 미야에 씨라……. 실은 요 1주일간 미야에 교이치 씨의 사건에 대해 이것저것 알아봤어요.

구리하라 씨는 방바닥에서 노트 한 권을 집어서 팔락팔락 펼쳤다.

구리하라 당시 신문과 인터넷 뉴스를 뒤져서 제법 다양한 정보를 건졌죠. 그중에 반드시 짚고 넘어가야 할 정보가 있었습니다.
미야에 교이치 씨에게 부인은 없었다고 해요.

필자 뭐라고요?!
구리하라 이걸 보세요.

사건과 관련된 다양한 기사를 스크랩한 노트였다. 스크랩 중 하나, 아마 지방신문 기사이리라. 거기에는 분명 이렇게 적혀 있었다.

'……피해자 미야에 교이치 씨는 미혼으로……'

필자   하지만…… 미야에 씨는 분명 '남편'이라고…….

구리하라   어쩌면 내연남이었을지도 모르고, 약혼한 사이였을
          가능성도 있겠죠. 하지만 미야에 씨를 너무 무방비
          하게 믿지 않는 편이 좋을 겁니다.

                    * * *

  1시 반에 구리하라 씨의 집을 나섰다. 구리하라 씨는 "무슨
일 있으면 연락하세요."라고 말하며 배웅했다. 나는 역으로
걸음을 옮겼다.

  이마에서 땀이 흘렀다. 더운 탓만은 아니다. 온갖 생각이
머릿속을 교차했다.

  내가 이제부터 만나러 갈 사람, 자칭 '미야에 유즈키'라는
인물은 누구일까. 왜 내게 접근했을까. 그 집과 무슨 관계가
있을까. 그리고 메일에 적었던 '알려 드릴 것'이란 뭘까.

  역에 도착했다. 마침 급행 전철이 들어왔다. 이대로 그 여
자를 만나러 가도 될까.

  오후 2시 45분, 생각을 정리하지 못한 채 약속 장소인 카페
에 도착했다. 가슴이 마구 뛰었다. 솔직히 불안했다. 지금이

라면 돌아갈 수도 있다. 하지만 그래서는 진상을 알아낼 수 없다.

단단히 마음먹고 카페 문을 열었다.

카페를 둘러보았다. 안쪽 자리에 미야에 씨가 있었다. 나를 보고 일어서서 고개를 꾸벅 숙였다. 나는 긴장된 마음으로 테이블 앞에 앉았다.

가벼운 인사를 나눈 후, 일부러 내가 들은 정보는 언급하지 않고, 일단 구리하라 씨의 추리를 들려주기로 했다. 아이가 두 명이라는 것, 부부가 히로토를 몹시 사랑했다는 것, 집 구조의 진정한 의미……. 나는 이야기하며 미야에 씨의 눈치를 살폈다.

처음에는 맞장구를 치며 들었지만, 이야기가 진행되면서 점점 얼굴이 굳어지는 것 같았다. 일가가 느닷없이 집을 떠난 대목에 다다르자 "죄송해요." 하고 달아나듯 자리를 벗어났다.

이상하다. 지난번 만났을 때부터 어렴풋이 느끼기는 했다.

미야에 씨가 그 가족에게 품은 감정은, 가해자에 대한 분노가 아니다.

'진실을 말해 줬으면 해요.' ……저번에 만났다 헤어질 때

했던 말에서 느껴지던 위화감.

잠시 기다리자 미야에 씨가 돌아왔다.

마음을 진정시킨 듯했지만, 눈언저리가 발갰다. 운 걸까.

필자   괜찮으세요?

미야에   죄송합니다…….

필자   저어……. 실례를 무릅쓰고 여쭤볼게요……. 미야
에 교이치 씨와는 어떤 관계십니까? 아까 사건에
관한 기사를 읽었는데, '미야에 교이치 씨는 미혼이
었다.'라는 구절이 있었거든요.

잠깐 침묵이 흐른 후 미야에 씨는 뭔가 체념한 듯 작게 숨
을 내쉬었다.

미야에   알고 계셨군요……. 속여서 죄송합니다.

필자   그럼 역시…….

미야에   네. 미야에 교이치 씨는 제 남편이 아니에요.
제 본명은…… **가타부치 유즈키.** 그 집에 살았던 **가
타부치 아야노의 여동생이에요.**

자매

상황을 종잡을 수 없었다. 눈앞에 있는 이 여자가 그 집에 살았던 사람의 여동생……. 가타부치 유즈키 씨는 "조금 긴 이야기지만." 하고 시작하며, 지금까지의 경위를 설명했다.

저는 1995년에 사이타마현에서 태어났어요. 아빠는 회사원, 엄마는 파트타임으로 일했죠. 유복하지는 않았지만 그렇다고 형편이 어렵지도 않은, 나름대로 복 받은 가정이었습니다.

제게는 두 살 많은 언니가 있었어요.

이름은 아야노. 상냥하고 예뻐서 자랑스러운 언니였죠. 언니는 저를 아주 아꼈고, 저도 그런 언니를 참 좋아했어요.

그런데 제가 열 살이던 해 여름에, 언니가 갑자기 집에서 사라졌어요. 어느 날 아침, 잠에서 깨자 옆에서 자고 있을 언니가 없더라고요. 그뿐만 아니라 침대, 책상, 옷 등등 언니 물건이 전부 없어져서……. 깜짝 놀라 엄마에게 물어보자, **"언니는 오늘부터 우리 가족이 아니야."**라고만 말하고, 그 외에는 아무것도 알려 주지 않았어요.

이상했죠. 언니가 졸지에 다른 집 아이가 되다니……. 어린 나이였지만 예삿일이 아니라는 걸 금방 이해했어요.

하지만 아빠도 엄마도 제가 언니 이야기를 꺼내면 언짢아했고, 당시 저에게는 언니를 찾을 단서도 힘도 없어서 받아들이는 수밖에 없었어요.

그래도 언니를 생각하지 않는 날은 하루도 없었답니다. 매일 밤 외로워서 침대 속에서 울었어요. 꾹 참고 기다리면 언젠가 언니가 돌아오지 않을까, 그런 기대를 마음의 버팀목 삼아 살아가려고 했어요. 하지만 그건 얼마나 태평한 생각이었는지.

언니가 사라진 후로 우리 가족은 점점 망가졌어요. 아빠는 느닷없이 일을 그만두고 방에 틀어박혀 술만 마시다가…… 2007년에 음주 운전으로 사고를 일으켜서 돌아가셨어요.

그 후 엄마는 '기요쓰구'라는 남자와 재혼했는데요. 아주 고압적인 사람이라 저는 도무지 마음에 들지가 않았어요.

당시 반항기라 툭하면 반발부터 하고 들던 제 잘못도 컸지만, 아무튼 엄마와도 점점 사이가 나빠져서 고등학교를 졸업하자마자 집을 나왔죠.

그 뒤로는 선배의 도움으로 회사에 취직했고, 회사 근처에 방을 얻어 자취를 시작했어요.

스무 살이 넘어 생활이 안정되자, 가족 생각도 덜 나더라고요. 생각나지 않도록 애썼다고 표현해야 할지도 모르겠네요. 싫은 기억이 너무 많았으니까요.

그런데 2016년 10월, 갑자기 편지 한 통이 왔어요.

언니가 보낸 편지였죠.

오랫동안 깜깜무소식이었던 터라 정말 놀랐어요. 언니는 제 주소를 모를 테니, 분명 엄마가 알려 줬겠죠.

편지에는 그리운 글씨체로 '오랫동안 못 만나서 외로웠어.', '유즈키가 건강하게 잘 지내는지 걱정이야.', '언젠가 우리 꼭 만나자.'라고 적혀 있었어요.

어쨌거나 저는 언니가 무사히 살아 있다는 사실이 기뻐서…….

바로 답장을 쓰려고 했지만, 보낸 사람의 주소가 없어서 편지에 적혀 있던 언니 전화번호로 전화를 걸기로 했어요.

　전화로 들은 언니 목소리는 예전보다 어른스러웠지만, 상냥한 말투와 콧소리가 약간 섞인 느낌은 변함없더군요. 너무 기쁜 나머지 그날 한 시간도 넘게 통화했어요.

　언니가 얼마 전에 결혼해 사이타마현에 살고 있다는 걸 알았죠.

　형부는 레이타 씨라는 사람인데, 우리 집안 성씨를 선택하는 형태로 결혼했대요. 그래서 결혼해도 성씨가 바뀌지 않고 '가타부치 아야노'라는 이름 그대로라고 했어요. 지금은 사정이 있어서 어렵지만, 언젠가 저를 집에 초대하고 싶다고도 했죠.

　그밖에도 어릴 적 추억이며 친했던 친구, 현재 취미 등 여러 이야기를 했답니다.

　하지만…… 그 일에 대해서는……. 그날 갑자기 집에서 사라진 일에 대해서는 몇 번을 물어도 절대 가르쳐 주지 않았어요. 그래서 언니가 지금까지 어디서 뭘 하며 지냈는지는 알수 없었죠.

그때부터는 자주 언니와 연락을 주고받았어요.

실은 직접 만나서 이야기하고 싶었지만, 언니에게는 가정이 있는 데다 제게 말 못 할 사정도 있는 것 같아서 꾹 참았어요. 그래도 깜깜무소식인 것보다는 훨씬 행복했으니까요.

하지만 어느 날 느닷없이 출산했다는 소식을 들었을 때는 좀 섭섭하더군요. 저는 언니가 임신한 줄조차 몰랐으니까요.

아이를 키우느라 바쁜지 한동안 연락이 끊겼어요. 쓸쓸했지만 언니가 행복하다면 저는 만족할 수 있었어요.

올해 5월에 오랜만에 연락이 왔어요.

그때 언니 가족이 도쿄로 이사했다는 걸 알았죠. 놀랍게도 언니는 저를 새집으로 초대했어요.

13년 만에 만난 언니는 옛날 모습이 남아 있으면서도 예쁜 엄마가 다 됐더라고요. 형부 레이타 씨는 아주 다정하게 느껴지는 사람이었고, 조카 히로토도 언니를 쏙 빼닮아 귀여웠어요. 제 눈에는 이상적인 가족으로 보였죠.

하지만 지금 생각하면 이상한 점이 몇 가지 있었어요.

지금 계단을 수리하는 중이라 2층에는 못 올라간다고 하더라고요. 신축인데 수리라니 이상하다 싶었죠.

그리고…… 뭐라고 하면 좋을까, 언니 부부가 내내 뭔가에 겁먹고 긴장하는 듯한 느낌이 들었어요. 그때 느낀 작은 위화감을 확인하지 않고 넘어간 게 지금도 후회스럽네요.

도쿄의 새집에 다녀오고 두 달 후, 또 언니와 연락이 끊겼어요.

몇 번 전화를 걸어도 안 받고 메신저도 확인하지 않길래, 무슨 일이 있는 게 아닌가 걱정돼서 집에 가 봤죠. 집은 빈껍데기였어요. 근처 사람에게 물어보자 몇 주 전에 갑자기 이사 갔다고 알려 주더군요.

혹시 언니는 뭔가 중대한 문제를 끌어안고 있는 것 아닌가……. 그런 예감이 들었어요. 돌이켜 보면 언니의 행동에는 이상한 점이 많았죠. 가까이 살면서도 만나 주지 않은 것. 가끔 연락이 끊기는 것. 느닷없이 이사 간 것. 언니에게 무슨 일이 있다고 생각하자 가만히 있을 수가 없더군요.

일단 오랜 세월 의절한 것이나 마찬가지였던 엄마를 보러 갔죠. 엄마라면 언니의 행방을 알지도 모르겠다 싶었거든요. 하지만 엄마는 완고하게 입을 꾹 다물고 아무 말도 해 주지 않았어요.

경찰에도 신고했지만, 그냥 이사 간 걸 사건으로 다룰 수는 없다며 들은 척도 않더군요. 부동산 중개소도 개인정보라며 아무것도 가르쳐 주지 않았고요.

그렇다면 마지막 희망은 언니가 살았던 사이타마의 집뿐이에요. 혹시 언니 가족은 옛날 집으로 돌아간 게 아닐까. 솔직히 가능성은 낮다고 생각했지만, 이제 거기에 기대할 수밖에 없었어요.

저는 언니가 처음으로 보낸 편지를 실마리 삼아 집을 찾기로 했어요.

주소는 적혀 있지 않았지만 소인에 우체국 이름이 있었거든요. 집이 그 부근에 있다는 뜻이죠. 마지막으로 만났을 때, 언니가 예전 집을 매물로 내놨다고 했어요. 알아보니 그 지역에서 최근에 매물로 나온 집은 하나뿐이더군요. 얼른 주소를 찾아서 가 봤지만, 이미 빈터로 변한 뒤였어요.

이제 아무 단서도 없어서 그저 막막할 따름이었는데, 우연히 그 기사를 봤어요.

그 평면도를 본 순간 심장이 멎는 줄 알았죠. 틀림없이 언니 집이었거든요.

그리고 기사 말미에 적혀 있던 '시신의 왼손이 발견되지 않았다'는 구절. 예전에 어디서 비슷한 이야기를 들은 기억이 났어요.

미야에 교이치 씨 사건이에요. 인터넷 뉴스로 한 번 봤을 뿐이지만 '왼손이 절단됐다'는 내용이 묘하게 으스스해서 인상에 남았죠.

알아보니 미야에 씨 집이 언니 집과 가깝더라고요. 불길한 예감이 들었어요.

그 기사의 내용이 사실이라면 어쩌지.

혹시 기사를 쓴 사람에게 사이타마에 있는 집의 평면도를 보여 주면 뭔가 알아낼 수 있지 않을까. 그런 생각으로 연락드린 거예요.

하지만 '그 집에 살던 사람의 여동생'이라고 하면 분명 경계해서 만나 주시지 않을 것 같았어요. 그렇다고 아무 상관도 없는 남이라고 하면 장난으로 여길 것 같고……. 그래서 미야에 교이치 씨의 아내 행세를 한 거예요.

정말로 실례되는 짓을 했습니다. 죄송해요.

가타부치 유즈키 씨는 떨리는 목소리로 몇 번이나 사과했다.

필자　……가타부치 씨. 고개 드세요. 저야말로 흥미 위주로 그런 기사를 쓴 걸 반성하고 있습니다. 혹시 도움이 될 수 있다면 뭐든지 협력할게요.

가타부치　감사합니다…….

전조

필자　그런데 이야기를 들어 보니, 어릴 적에 언니가 실종된 게 모든 일의 발단 같은데요. 아이가 없어졌을 뿐이라면 유괴나 가출일 가능성도 있겠지만, 부모님이 그 사실을 묵인했다는 게 이상합니다.

가타부치　제 생각도 그래요.

필자 　언니가 없어지기 전에 뭔가 이변이랄까, 조짐 같은 건 없었습니까? 예를 들어 가족의 분위기가 이상했다거나.

가타부치 　글쎄요……. 관계가 있을지는 모르겠지만, 언니가 사라지기 1주일 전에 가족이 다 같이 할아버지 댁에 놀러 갔어요. 그때 좀…….

필자 　무슨 일이 있었군요?

가타부치 　네……. 실은 제 사촌 동생이 사고로 세상을 떠났어요. 그런데 그게…… 제 생각에는 아무래도 부자연스러운 일이라서요. 그도 그럴 것이.

그때 종업원이 컵을 치우러 와서 가타부치 씨는 입을 다물었다.

호주머니에서 스마트폰이 진동했다. 확인해 보니 구리하라 씨가 문자 메시지를 보냈다.

'무사하세요? 끝나면 이야기 들려주세요.'

좋은 생각이 떠올랐다.

| 필자 | 저기, 혹시 괜찮으시면 구리하라 씨를 만나 보시지 않겠어요? 구리하라 씨에게 그 이야기를 하면 뭔가 단서를 찾아낼지도 모릅니다. |
| 가타부치 | 정말요? 구리하라 씨만 괜찮으시다면 꼭 뵙고 싶네요. |

* * *

카페를 나서자 구리하라 씨에게 전화를 걸어 가타부치 씨와 만나서 이야기를 해 보는 게 어떻겠느냐는 뜻을 전했다. 구리하라 씨는 흔쾌히 승낙했지만, 지저분한 자기 집에 여자 손님을 들일 수는 없다며 만날 장소를 지정했다. 나와 가타부치 씨는 그곳으로 향했다.

모임 공간

약속 장소는 시모키타자와역 앞에 있는 주상 복합 빌딩이었다. 간판에는 '모임 공간 있음'이라고 적혀 있었다.

우리가 도착하고 몇 분 후에 구리하라 씨가 평소보다 멀끔한 모습으로 나타났다. 우리 세 명은 각자 인사를 나누었다. 구리하라 씨는 가타부치 씨를 약간 경계하는 것 같았다. 구리하라 씨는 아직 가타부치 씨가 거짓말한 이유를 모른다. 불안해하는 것도 당연하다. 그렇기에 집으로 부르기를 꺼린 것이리라.

안내 데스크에서 절차를 밟은 후 우리는 4층의 회의실로 안내받았다. 셋이서 테이블에 둘러앉았다. 일단 구리하라 씨에게 지금까지의 경위를 설명해야 한다.

내가 개요를 이야기하고 가타부치 씨가 보충한다. 구리하라 씨는 메모를 하면서 들었다.

구리하라　과연……. 그런 거였군요.

가타부치　속여서 정말 죄송합니다.

구리하라　아니요, 아니요. 하지만 이제야 겨우 안심했습니다. '미야에 씨'가 아니라 '가타부치 씨'로군요?

가타부치　네.

구리하라　그럼 이제 본론으로 들어갈까요? 할아버지 댁에서 일어났다는 사고 이야기를 들려주시죠.

가타부치 알겠습니다.

2006   조부모님 집에서 사촌 동생이 사고사(?)
        언니 실종

2007   아버지 자동차 사고로 사망
        어머니 재혼

2014   유즈키 독립

2016   언니에게 편지가 옴

2017   언니 히로토를 출산

2018   언니 가족 도쿄로 이사

2019   유즈키 언니 집을 방문
        언니 가족 실종

제3장

기억 속의 집 구조

좌우 대칭의 집

가타부치 2006년 8월이었어요. 가족이 다 같이 ○○현(사정상 자세한 지명은 공개하지 않음)에 있는 아빠 친가에 놀러 갔는데요. 거기는 산 중턱을 다듬어서 만든 넓은 택지에 홀로 덩그러니 서 있는 오래된 민가였죠. 주변에는 펜션 몇 채뿐이고, 사람은 거의 살지 않았을 거예요.

매년 여름방학마다 아빠를 따라 귀성했지만, 저는 거기 놀러 가는 걸 별로 좋아하지 않았어요. 집이 몹시 을씨년스러웠거든요. 말로는 설명하기 어려우니 평면도를 보여 드릴게요.

가타부치 씨는 핸드백을 열고 종이 한 장을 꺼냈다. 연필로 그린 평면도였다.

필자 이거 직접 그리신 겁니까?

가타부치 네. 인터넷에서 도면 그리는 법을 찾아서, 어릴 적 기억을 따라 그려 봤어요. 아마추어의 솜씨라 방 크기도 어중간하니 볼꼴 사납지만요.

가타부치 씨는 약간 부끄러운 듯이 말했다. 구리하라 씨는
종이를 집어 찬찬히 들여다보았다.

구리하라 이야, 아주 꼼꼼하게 그리셨는데요. 용케 이 정도까
지 기억하고 계셨군요.

가타부치 기억력이 그리 좋은 편은 아니지만, 이 집 구조는
특이해서 머릿속에 남아 있었어요.

한가운데 복도가 길게 뻗어 있는 좌우 대칭의 집. 확실히
특이하다. 사실 이렇게 생긴 이유가 있는데, 그건 나중에 밝
혀진다. 가타부치 씨는 평면도를 보면서 기억을 더듬듯이 내
부 구조를 설명했다.

가타부치 현관에 들어서면 정면에 어스름한 복도가 뻗어 있
고, 제일 안쪽에 커다란 불단이 보여요. 방은 앞쪽
부터 광, 화장실, 욕실, 주방으로 이어지다가, 안쪽
은 다다미가 깔린 일본식 방이었죠.

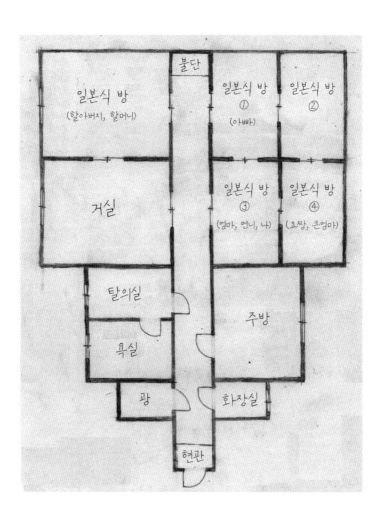

현관에서 보았을 때 왼쪽에 있는 거실은 모두 모여서 식사를 하는 방이고, 그 옆은 할아버지와 할머니 방이었어요. 할아버지와 할머니 이름은 각각 시계 하루와 후미노인데요. 두 분은 하루의 대부분을 이 방에서 지내셨던 것 같아요.

네 개로 구분된 오른쪽 방은 각각 다다미 여섯 장 정도 크기였어요. 방마다 적힌 번호는 설명하기 쉽도록 제가 적당히 붙인 거예요.

①번 방은 아빠가, ③번 방은 저, 언니, 엄마가 썼어요. ②번 방은 빈방, ④번 방은 큰엄마 미사키와 큰엄마의 아들 요짱의 방이었고요.

필자 요짱이 혹시 사고로 세상을 떠났다는 사촌 동생인가요?

가타부치 맞아요. 저보다 세 살 아래로, 본명은 '요이치'예요.

나는 평면도에 요짱의 아버지 방이 없다는 게 신경 쓰였다.

필자 참고로 요짱의 아버지는?

가타부치 저희가 가기 반년 전에 병으로 돌아가셨어요. 이름은 기미히코, 친가의 장남이었죠. 결혼한 후에도 독립하지 않고 할아버지 할머니를 모시고 살았는데, 평생 심장이 안 좋았던 모양이라……. 곧 태어날 아이도 못 보고 가셔서 참 원통하셨을 거예요.

필자　아이라고요……?

가타부치　실은 당시 큰엄마 배 속에 아기가 있었거든요. 많이 커서 언제 태어나도 이상하지 않을 상태였어요.

필자　기미히코 씨가 남기고 간 아이라는 말씀이시군요.

가타부치　네. 임신 중에 남편을 잃어서 큰엄마도 많이 힘드셨을 거예요. 그런데 요짱까지 그렇게 되다니…….

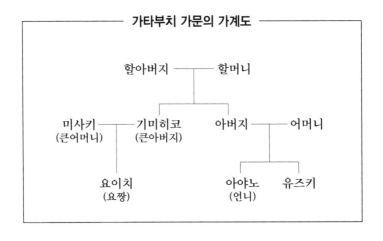

가타부치 가문의 가계도

할아버지 ——— 할머니

미사키 ——— 기미히코　　　아버지 ——— 어머니
(큰어머니)　(큰아버지)

요이치　　　　　　　아야노　유즈키
(요짱)　　　　　　　(언니)

아버지가 병사하고 반년 후에 아들도 사고사. 우연이라 하더라도 뭔가 인과 같은 것이 느껴졌다.

그때 구리하라 씨가 어떤 사실을 지적했다.

구리하라 가타부치 씨. 요짱 방에는 창문이 없나요?

필자 네?

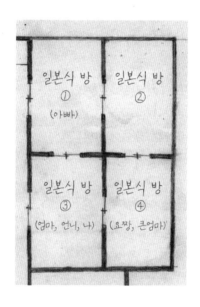

확인하자 ④번 방에는 창문을 나타내는 기호가 그려져 있지 않았다. 아니, 그뿐만이 아니다.

필자 집 오른편에 있는 일본식 방 네 개, 전부 창문이 없군요.

가타부치 네. 이걸 그릴 때 그러고 보니 낮에도 불을 끄면 컴컴했다는 게 기억났어요. 어릴 적에는 그게 특별히 이상하다고는 생각지 않아서 내내 잊어버리고 있었지만……

구리하라 '창문 없는 방' 하니, 아무래도 그 **두 집**이 연상되네요. 뭔가 관계가 있을까요?

가타부치 제 생각도 그랬어요. 하지만 아무리 돌이켜 봐도 창문이 없다는 것 말고 이상한 점은…… 비밀 구멍도, 열리지 않는 공간도, 물론 누군가 갇혀 있는 듯한 기척도 없었어요. 다만…….

구리하라 다만……?

가타부치 **붙박이 장지문**이 하나 있었어요.

가타부치 씨는 ①번 방과 ②번 방 사이를 가리켰다.

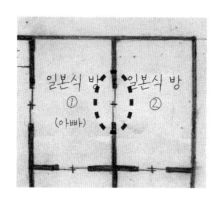

가타부치 이 장지문만 아무리 잡아당겨도 열리지 않았죠. 자물쇠가 잠겨 있나 싶었지만, 열쇠 구멍 같은 건 어디에도 보이지 않았고요.

필자 다른 장지문은요?

가타부치 다른 건 전부 여닫는 데 문제가 없었어요.

필자 그럼 어느 방이든 못 들어가지는 않았겠군요.

가타부치 네. 다만 ②번 방에 들어가려면 ③번 방과 ④번 방을 경유해야 했죠. 그러기가 불편해서인지 ②번 방은 쭉 사용하지 않았던 것 같아요.

구리하라 '쭉'이라면 이 장지문은 옛날부터 열리지 않았다는 말씀인가요?

136

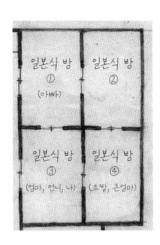

일본식 방 ①
(아빠)

일본식 방 ②

일본식 방 ③
(엄마, 언니, 나)

일본식 방 ④
(오빠, 큰엄마)

가타부치 그런 모양이에요. 하지만 아주 오래된 집이라 정확
히 언제부터였는지는 잘 모르겠네요.

필자 그러고 보니 이 집, 언제쯤 지은 건가요?

가타부치 쇼와* 시대 초엽이라고 들었어요.

필자 역사가 아주 깊군요.

가타부치 네……. 실은 이 집, 원래는 저택의 일부였어요.

필자 저택?!

* 일본 연호. 1926~1989년

"이야기가 조금 엇나가지만." 하고 양해를 구한 후, 가타부치 씨는 이 집이 만들어진 경위를 설명해 주었다.

가타부치 할아버지께 들은 이야기인데요. 가타부치 가문은
      제2차 세계대전 이전에 여러 사업으로 재산을 쌓았
      고, 최전성기에는 거대한 저택에다 수많은 고용인
      을 부릴 만큼 번창했대요.
      그런데 어떤 당주가 느닷없이 사업 운영권을 남에게
      양도하더니만, 집터 구석에 별채를 짓고 틀어박혔다
      고 해요. 그때부터 집안이 서서히 기울다가 쇼와 시
      대 중엽에는 저택도 거의 다 부서졌나 봐요.
      그 후로 가타부치 가문의 자손은 유일하게 남은 별
      채를 개축해 조촐하게 살아왔다고 들었어요.
필자   그 별채가 이 집이라는 말씀이시군요.
가타부치 네. 그 당주는 묘한 종교에 빠졌는데, 집이 좌우 대
      칭인 건 그 종교의 가르침에 따랐기 때문이래요.
구리하라 그런데 별채에 틀어박힌 것도 모자라 종교에 빠지
      다니, 그 사람에게 무슨 일이라도 있었던 건가요?
가타부치 듣기로는 부인과 일찍 사별하는 바람에 마음에 병

이 생겼대요. 어쩌면 별채는 부인을 공양하기 위해 지은 건지도 모르겠어요.

복도 끝에 불단이 있잖아요. 이 불단에 부인을 모셨대요. 복도 폭과 크기가 똑같아서 딱 들어맞죠. 바늘 하나 꽂을 틈도 없을 정도로요. 집의 치수에 맞춰 불단을 만든 건지 아니면 불단에 맞춰 집을 만든 건지는 모르겠지만, 이 집 자체가 거대한 부쓰마* 같은 것 아니었을까 싶어요.

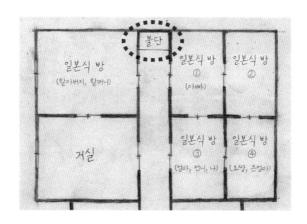

* 불단이나 위패를 안치해 놓는 방

거대한 부쓰마……. 확실히 이 불단은 마치 집주인인 양, 집 한복판에 떡 버티고 있다.

가타부치 제가 할아버지 집에 가기 싫었던 건, 이 불단이 무서웠기 때문이에요. 어쩐지 참 으스스했거든요. 올려다보아야 할 만큼 크고 번들번들 광이 나는 게, 왠지 이것만 이 집 물건이 아닌 것처럼 이질적이었거든요. 할아버지는 다리가 불편해서 거의 누워서 지내셨으면서도 불단만큼은 매일 빼먹지 않고 손질하셨던 모양이에요. 할아버지 부탁으로 청소를 한번 도와드렸을 때 처음으로 불단 '속'을 봤어요.
평소 닫혀 있는 쌍여닫이문 안에는 난생처음 보는 법구가 들어 있었고 큼지막한 만다라 그림도 걸려 있었는데, 정말 뭐라고도 표현할 수 없이 찜찜한 기분이 들었던 기억이 나네요. 실은…….

거기서 가타부치 씨는 말을 머뭇거렸다. 몇 초 침묵이 흐른 후, 가타부치 씨가 어두운 목소리로 말을 꺼냈다.

가타부치   실은 **요짱이 이 불단 앞에서 죽었어요.**

요짱이 죽은 곳

필자   불단 앞에서요?

가타부치   네. 저희가 할아버지 집에 머문 지 사흘째 되는 아침이었어요. 분명 오전 5시쯤이었을 거예요. 큰엄마가 정신을 반쯤 놓은 채 모두를 깨우러 왔죠. 재촉을 받고 복도로 나가자 요짱이 불단 앞에 위를 보고 쓰러져 있었어요. 얼굴에 핏기가 없고, 머리에는 검게 굳은 피가 엉겨 있었고요. 몸을 만져 보자 싸늘하게 식어서……. 요짱은 이미 죽었다고 직감했죠. 그 후 단골로 다니는 병원의 의사 선생님이 와서 정식으로 사망 진단을 내렸어요. 큰엄마가 좀 더 빨리 알아차렸어야 했다며 펑펑 우는 모습이 지금도 기억에 생생하네요.

필자   정황상 요짱은 불단에서 떨어져 사망했다……. 그렇게 봐야겠죠?

가타부치　역시 그렇게 생각하시는군요. 가족들도 그런 식으로 말했어요. 장난으로 불단에 올라가려다가 발을 헛디뎌 떨어졌을 거라고요.

하지만 제 생각에는 아무래도 부자연스러웠어요. 이 불단은 어린애가 혼자 올라갈 수 있을 만한 높이가 아니었거든요.

가타부치 씨는 평면도 가장자리에 연필로 그림을 그렸다.

가타부치　분명 중단의 높이가 당시 제 어깨높이와 비슷했으니까, 1미터는 넘었겠죠. 그 밑에 발을 디딜 만한 부분도 없어서 적어도 저는 올라갈 자신이 없네요. 그런데 저보다 키가 작고 운동도 못 했던 요짱이 혼자 그 불단에 어떻게 올라가겠어요?

필자　그렇군요.

가타부치　더구나 요짱은 불단을 몹시 무서워했어요. 저도 그랬지만, 요짱은 조금 과하게 겁냈죠. 복도에 나갈 때도 불단을 보지 않으려고 했을 정도예요. 그런 요짱이 스스로 불단에 올라가려 했다니……. 말도 안 돼요.

구리하라 가족 중에서 그 점을 지적한 분은 안 계셨나요?

가타부치 네. 다들 사고라고 믿어 의심치 않는 듯했어요. 그뿐만 아니라 제 생각을 말하려 하자, 어른들 이야기 하는데 시끄럽게 굴면 못 쓴다고 화를 내면서 입도 벙긋 못 하게 했고요.

구리하라 의사 선생님은 뭐라고 하셨나요?

가타부치 자세하게는 기억이 안 나지만, 머리를 세게 찧어서 뇌를 다쳤다는 식으로 말씀하셨을 거예요.

필자 이른바 뇌타박상이로군요.

구리하라 사망한 원인을 의심하는 듯한 말씀은 없으셨고요?

가타부치 전혀요. 하지만 그 의사 선생님은 걸음걸이가 불안 할 만큼 연세가 많고, 말도 약간 횡설수설해서……. 어디까지 믿어야 할지 솔직히 모르겠어요.

구리하라 그럼 경찰은요?

가타부치 안 왔어요. 큰엄마가 경찰을 불러서 조사해 보는 게 좋지 않겠느냐고 한 번 제안했지만, 다들 반대해서

결국 포기한 것 같았어요. 어쩌면 큰엄마만큼은 요
짱의 죽음이 부자연스럽다는 걸 눈치챘는지도 모르
겠네요.

필자　　집이라 해도 사망 사고가 발생하면 경찰을 부르는
게 일반적인데요. 왜 다들 반대했을까요?

가타부치　모르겠어요……. 하지만 뭐랄까, 가족 모두 뭔가 감
추고 있는 듯한 분위기가 느껴졌어요.

구리하라　경찰을 부르면 곤란할 이유라도 있었던 걸까요?

가타부치　…….

필자　　…….

셋 다 입 밖에 내지는 않았지만, **그 가능성**을 생각하고 있
는 게 분명했다. 사고사가 아니라면 자살, 또는 **살인**. 가타부
치 씨의 이야기를 들건대 가족의 반응은 아무래도 이상하다.
누군가를 감싸는 걸까. 그럼 대체 누구를, 뭣 때문에……?

시간의 수수께끼

구리하라 의사는 믿을 수 없고 경찰도 부르지 않았다면, 실마리는 가타부치 씨의 기억뿐이로군요. 가타부치 씨, 요짱이 죽기 전날에 어떻게 지냈는지 말씀해 주시겠어요?

가타부치 네. 그날은 아침부터 모두 함께 큰아빠 산소에 성묘하러 갔어요. 모두 함께라고 해도 할아버지는 집을 보셨지만요. 돌아오는 길에 장을 보고 공원에도 들러서 저녁에야 집에 왔죠.

모두 모여 저녁을 먹고 순서대로 목욕한 후로는 각자 방에서 시간을 보냈어요. 저와 언니, 요짱은 ③번 방에서 게임을 했죠. 얼마 후에 요짱이 졸립다며 자기 방(④번 방)에 돌아갔는데요. 지금 생각해 보면 그게 요짱을 마지막으로 본 거네요.

구리하라 그게 몇 시쯤이었는지 기억하세요?

가타부치 ……텔레비전에 NHK 밤 뉴스가 나왔으니까, 분명 9시가 되기 조금 전이었을 거예요. 그 후로 30분쯤 더 언니와 게임을 하다가 엄마가 이만 자라고 해서

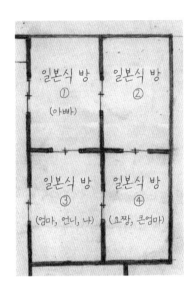

일본식 방 ① (아빠)

일본식 방 ②

일본식 방 ③ (엄마, 언니, 나)

일본식 방 ④ (요짱, 큰엄마)

마지못해 잠자리에 들었고요. 언니는 금방 잠들었지만, 저는 묘하게 눈이 말똥말똥하니 전혀 잠이 오지 않았어요. 결국 새벽 4시 무렵까지 뜬눈으로 이불 속에 누워 있었죠.

구리하라 그동안 무슨 일이 생기지는 않았나요? 예를 들면 누군가 방에 들어왔다든가.

가타부치 아니요, 제가 깨어 있는 동안은 아무런 일도 없었어요.

구리하라 그렇군요……

구리하라 씨는 잠시 생각에 잠긴 후, 펜으로 평면도를 가리키며 이렇게 말했다.

구리하라 가타부치 씨, ①번 방과 ②번 방 사이의 장지문은 열리지 않는다고 하셨죠?

가타부치 네.

구리하라 그럼 요짱이 복도로 나가려면 가타부치 씨가 있는 방을 지나가야 합니다. 하지만 가타부치 씨가 깨어 있는 동안, 아무도 방에 들어오지 않았죠. 즉, 요짱이 죽은 건 가타부치 씨가 잠든 새벽 4시 이후인 셈

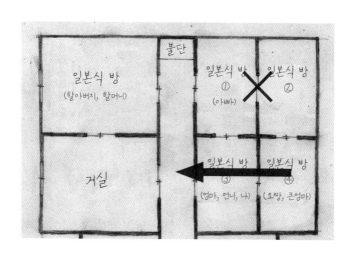

이에요. 시신은 5시에 발견됐으니, 사망 추정 시각
은 4시에서 5시 사이라고 할 수 있겠군요.

나는 구리하라 씨의 말에 위화감을 느꼈다. 아까 이야기와
뭔가 모순된다. 나는 몇 분 전의 기억을 더듬다가 어떤 사실
이 생각났다.

필자   죄송합니다만, 가타부치 씨. 요짱의 시신이 발견된
       장면을 설명하실 때, "몸을 만져 보자 싸늘하게 식
       어서."라고 말씀하셨죠?

가타부치   네.

필자   예전에 외과의를 취재할 때 들었는데요. 인간이 사
       망하고 몸이 차갑게 식기까지는 일정한 시간이 걸
       린다고 합니다. 출혈이 심하지 않은 한, 대개 **두 시
       간 정도**는 온기가 남아 있다고 들었어요. 요짱은 피
       를 얼마나 흘렸나요?

가타부치   다친 머리에서 피가 조금 난 정도라, 양은 그렇게까
       지……. 어? 그렇다면…….

필자   요짱이 죽은 건 시신이 발견되기 두 시간 이상 전,

다시 말해 **3시 이전**인 셈입니다.

가타부치 하지만……

구리하라 그 시간에 요짱은 방에 있었을 테니 모순되네요.

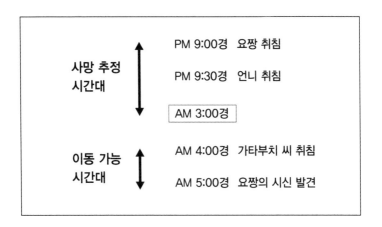

요짱은 가타부치 씨의 방을 통과하지 않고 불단이 있는 복
도로 이동한 셈이다. 어떻게? 우리는 평면도를 들여다보며
잠시 생각에 잠겼다.

구리하라 ……딱 하나 가능성이 있습니다.

가타부치 네? 그게 뭔데요?

구리하라 요짱이 불단에서 떨어져 죽었다고 생각하면 시간적으로 모순이 생겨요. 하지만 요짱이 **방에서 죽었다면** 어떨까요?

필자   방에서요?

구리하라 3시 이전에 요짱은 자기 방에서 머리에 충격을 받고 죽었다. 그리고 4시 이후에 누군가 요짱의 시신을 불단 앞으로 옮겼다. 그러면 앞뒤가 맞죠.

필자   확실히 그렇기는 하지만…… 누가 뭐 때문에 그런 짓을?

구리하라 분명 범인이 사인을 위장하기 위해서 그렇게 했을 겁니다.

범인……. 그렇다면…….

필자   역시 이건 사고가 아니라 살인 사건입니까?

구리하라 확실한 증거는 없지만, 그렇게 볼 수밖에 없겠죠. 범인이 ④번 방에서 둔기 같은 걸로 요짱의 머리를 때려서 살해했다. 시신을 그대로 방치해 놨다가, 4시에서 5시 사이에 불단 앞으로 시신을 옮겨 불단에서 실수로 떨어져 죽은 것처럼 위장했다.

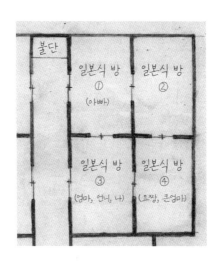

불단

일본식 방 ① (아빠)

일본식 방 ②

일본식 방 ③ (엄마, 언니, 나)

일본식 방 ④ (요짱, 큰엄마)

가타부치　과연…….

구리하라　……이렇게 결론 내리고 싶지만, 그럼 안 되겠죠.

필자　네?

구리하라　제 입으로 말해 놓고 이런 말씀을 드리려니 민망하지만, 방금 제 추리는 완벽하지 않아요. **구멍이 두 개** 있거든요. 하나는 범인. 이 논리로 따지면 범인은 요짱과 같은 방에 있었던 큰어머님 미사키 씨입니다. 어머니니까 범인이 아니라고 단정할 수는 없겠지만, 가족 중에서 유일하게 경찰을 부르려 했던 큰어머님이 범인일 가능성은 낮겠죠.

그리고 또 하나는 소리의 문제입니다. 요짱이 방에서 둔기에 맞아 숨졌다면, 근처에 있던 가타부치 씨에게 그 소리가 들렸을 거예요. 가타부치 씨, 그런 소리를 들으셨나요?

가타부치 아니요, 내내 조용했어요.

필자 그렇다면……

구리하라 요짱은 방에서 죽은 게 아니라는 뜻이죠. 제 추리의 절반은 오답이에요. 하지만 **범인이 사인을 위장하기 위해 시신을 불단 앞에 놓아뒀다**는 부분은 틀리지 않았을 겁니다.

정리하면 이렇습니다. 범인은 요짱을 방에서 데리고 나가서 집 어딘가에서 살해한 후 시신을 불단 앞에 놓아뒀다. 문제는 어떻게 방에서 데리고 나갔는가, 그리고 어디서 살해했는가예요.

그때 가타부치 씨가 뭔가 생각난 듯한 표정을 지었다.

가타부치 그러고 보니…… 할머니가 밤중에 무슨 소리를 들었다고 하셨어요.

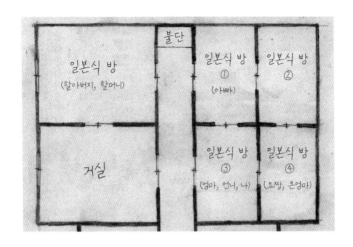

불단

일본식 방
(할아버지, 할머니)

일본식 방
①
(아빠)

일본식 방
②

거실

일본식 방
③
(엄마, 언니, 나)

일본식 방
④
(요짱, 큰엄마)

필자 소리요?

가타부치 네. 밤 1시쯤에 옆방에서 '쿵' 하는 소리가 나서 깼
다. 살펴보러 갔지만 별다른 일은 없었다. 그때 불
단 곁에는 아무도 없었다. 그렇게 말씀하셨죠. 불단
에 아무도 없었으니 요짱의 사고와는 관계없을 거
라며 별로 신경 쓰지 않으셨지만요.

구리하라 '옆방'이라면 거실 말씀인가요?

가타부치 아마 그럴 거예요.

뭘까. 나는 할머니의 말이 묘하게 마음에 걸렸다. 평면도를 들여다보았다. **어떤 부분**이 눈에 들어왔다.

필자   저기, 할머님은 왜 거실에 가는데 굳이 복도로 나오셨을까요?

가타부치 네?

필자   할머님은 옆방을 살펴보러 갈 때 '불단 곁에는 아무도 없었다'는 사실을 확인하셨죠. 즉, 일단 복도로 나오셨다는 뜻이에요. 하지만 할머님 방과 거실 사이에는 장지문이 있습니다.

        방에서 직접 거실로 갈 수 있는데도 굳이 복도로 나

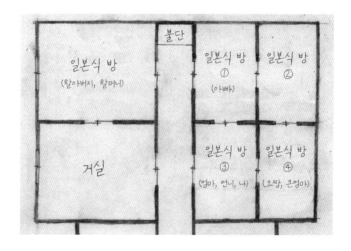

오다니, 이상한데요.

가타부치 듣고 보니……. 그럼 혹시 '옆방'이란 복도 오른편
방이었던 걸까요?

필자 그렇다면 ①번 방, 즉 아버님이 주무시던 방이네요.
그럼 할머님 말씀을 듣고 아버님이 뭔가 말씀하실
법도 한데요.

가타부치 그런가.

필자 구리하라 씨……. 어떻게 생각하세요?

구리하라 씨는 아무 말도 없이 노려보듯 평면도를 들여다보
았다. 그리고 잠시 후, 조용한 목소리로 이렇게 말했다.

구리하라 좋은 지적입니다. 옳으신 말씀이에요. '옆방'은 거실
도 복도 오른편 방도 아닙니다.

가타부치 하지만 그 외에 '옆방'이라고 할 만한 방은 이 집
에…….

구리하라 **이 평면도에는 그려져 있지 않은 방** 아니었을까요?

가타부치 네?

숨겨진 방

필자   그려져 있지 않다니, 그게 무슨 말씀입니까?

구리하라 이건 어디까지나 '가타부치 씨의 기억 속에 남아 있는 집 구조'입니다. 가타부치 씨 눈에 보이지 않았던 부분, 즉 **숨겨진 방**은 못 그리시겠죠.

필자   ……이 집에 비밀 방이 있었다고요?

구리하라 지금까지 나온 이야기를 종합하면 그렇게밖에 생각할 수 없어요.

구리하라 씨는 연필을 들어 평면도에 선을 하나 그었다.

필자   이건…….

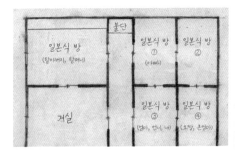 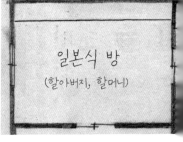

구리하라 할머님 방 옆에는 벽으로 구분된 비밀 방이 있지 않았을까요?

필자 확실히 '옆방'이기는 합니다만, 왜 여긴가요?

구리하라 간단합니다. 네모난 방에 '옆방'이 있을 수 있는 곳은 네 군데밖에 없으니까요.

동, 서, 남, 북, 각각 하나씩 총 네 군데요.

하지만 할머님 방에는 한 곳을 제외하고 전부 장지문 또는 창문이 있어요. 따라서 비밀 방이 있다면, 장지문도 창문도 없는 여기뿐입니다.

필자 그런데 이거 무슨 방일까요?

가타부치 ······감금방.

필자 뭐라고 하셨어요?

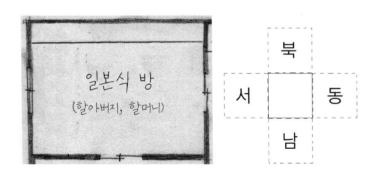

일본식 방
(할아버지, 할머니)

북 / 서 / 동 / 남

가타부치　만약 이 집이 도쿄, 사이타마의 집과 **같은 목적**으로
　　　　　만들어졌다면 어딘가에 감금방이 있을 거예요.

구리하라　저도 동의합니다. 그리고 감금방에는 'A'와 같은 처
　　　　　지의 아이가 갇혀 있었을 테고요.

　　A······. 오직 사람을 죽이기 위해서만 길러진 아이. 즉 이
집도······. 그렇게 생각하자 저절로 요짱과 히로토가 겹쳤다.

필자　　　설마 그 아이가 요짱을?

구리하라　아니요, 그럴 가능성은 낮겠죠. 감금된 아이가 방에
　　　　　서 빠져나와 요짱을 살해하고 불단 앞에 시체를 놓
　　　　　아둔다······. 아무래도 그림이 그려지지 않네요. 아
　　　　　마 누군가가 무슨 목적으로 요짱을 감금방에 데려
　　　　　가서 살해했을 겁니다.

필자　　　하지만 이 방에 어떻게 드나드는데요?

구리하라　할머님은 '옆방'에 가기 위해 복도로 나왔어요. 즉,
　　　　　입구는 복도 어딘가에 있다는 뜻입니다. 복도에서
　　　　　비밀 방에 인접한 장소는 하나뿐이죠. 바로 **불단**입
　　　　　니다.

가타부치 뭐라고요?!

구리하라 가타부치 씨, 아까 불단에 대해 "복도 폭과 크기가 똑같아서 딱 들어맞죠. 바늘 하나 꽂을 틈도 없을 정도로요."라고 말씀하셨죠. 이 불단, 원래는 이렇게 되어 있지 않았을까요?

구리하라 씨가 평면도를 수정했다.

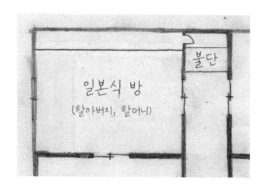

필자 불단 뒤쪽에 공간이……?

구리하라 비밀 방으로 통하는 문을 불단으로 감춘 거예요. 불단은 올려다보아야 할 만큼 크다고 하셨죠. 어린아이였던 가타부치 씨에게는 뒤쪽의 공간이 보이지 않았을 겁니다.

가타부치   하지만 입구까지 어떻게 가죠? 할머니가 아무리 정
정하셔도 불단을 기어올라 넘어가기는 분명 힘들
텐데요.

구리하라   불단 속에는 커다란 만다라 그림이 걸려 있었죠. 그
그림 뒤편에 비밀 문이 있지 않았을까요? 비밀 문
을 통해 불단 뒤쪽으로 나가서 감금방에 갈 수 있었
던 거예요. 그리고 이 구조를 아는 사람이 요짱을
거기로 데려가서 죽인 거고요.

필자   왜 굳이 거기서?

구리하라   그 이유가 바로 이 사건, 그리고 이 집의 수수께끼
를 푸는 열쇠입니다.

진짜 모습

구리하라   차례대로 차근차근 생각해 보죠.

밤 1시경, 범인은 잠든 요짱을 방에서 데리고 나갔
어요. 문제는 ③번 방을 지나지 않고 어떻게 ④번

방에 침입했느냐인데요. 범인은 이 집의 구조를 이용했을 겁니다.

이 집의 구조……. 즉, **살인 주택**으로서의 구조입니다. 도쿄와 사이타마의 집에는 감금방에서 살인을 저지르는 작업장으로 이어지는 비밀 경로가 있었죠. 이 집에도 그런 경로가 있었을 거예요. 그럼 이 집에서 '**작업장**'은 어디인가.

가타부치 씨. ②번 방은 쭉 사용되지 않았다고 하셨지요?

가타부치 네.

구리하라 저는 그게 아무래도 납득이 가지 않아요. 요짱과 큰어머님은 ④번 방에서 생활했죠. 요짱도 나름대로 자랐으니까 ②번 방을 공부방이나 놀이방으로 써도 됐을 겁니다. 하지만 어째선지 빈방으로 놔뒀어요. 그건 이 방이 **어떤 목적**을 위해 사용됐기 때문입니다. 이 방은 분명 사이타마와 도쿄의 집 욕실과 마찬가지 용도, 다시 말해 **사람을 죽이는 작업장**이었을 거예요.

그렇다면 역시 감금방에서 이 방으로 이어지는 **비**

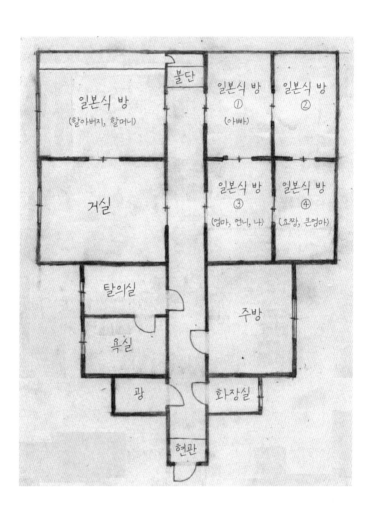

일본식 방
(할아버지, 할머니)

불단

일본식 방
①
(아빠)

일본식 방
②

거실

일본식 방
③
(엄마, 언니, 나)

일본식 방
④
(요짱, 큰엄마)

탈의실

주방

욕실

광

화장실

현관

162

밀 **경로**가 있을 겁니다. 당연히 이 평면도에는 그려
져 있지 않지만, 쉽게 추측할 수 있어요.

구리하라 씨는 연필로 평면도를 수정했다.

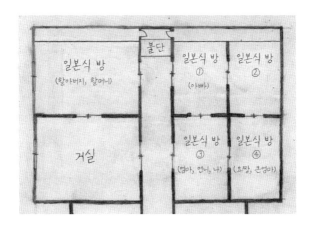

구리하라 이겁니다. 불단 뒤편의 양쪽에 공간이 있었던 거예
요. 왼쪽은 감금방. 그리고 오른쪽은 작업장으로 이
어지는 통로죠. 범인은 이 통로를 통해 ②번 방을
지나 요짱의 방에 들어간 겁니다.

가타부치 하지만 이 통로에서 어떻게 ②번 방에 들어가는데
요? ②번 방에는 문이나, 문을 감출 만한 물건이 없

었는걸요.

구리하라　문은 분명 **어떤 방법**으로 감춰 뒀을 거예요.

구리하라 씨는 연필로 '열리지 않는 장지문'을 가리켰다.

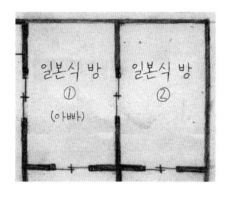

구리하라　이 장지문, 정말로 붙박이였을까요?

　　　　　안쪽에서 잠가 놓은 건 아닐까요?

가타부치　안쪽이요?

구리하라　가타부치 씨, 열심히 그려 오신 평면도를 자꾸 수정

　　　　　해서 죄송해요. 하지만 이게 마지막 수정입니다.

구리하라 씨는 그렇게 말하고, 붙박이 장지문을 이렇게 고

처 그렸다.

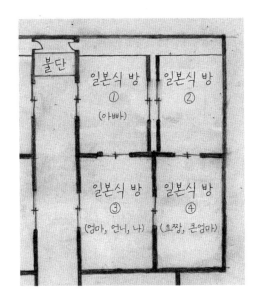

구리하라 이게 이 집의 진짜 모습입니다. 장지문 한 쌍 사이에 작은 공간이 있었던 거죠.

그리고 이 통로 쪽에서 장지문을 잠가 놨습니다. 밖에서는 '하나의 붙박이 장지문'으로 보이겠죠. 가타부치 씨는 이 장치에 속은 겁니다.

가타부치 ……그럴 수가!

구리하라 이 집에서 일어났을 일을 상상해 보죠. 집주인이 목
표물을 집으로 초대해 ②번 방으로 안내합니다. 기
회를 노려 감금방에 있는 아이에게 신호를 보냅니
다. 아이는 통로를 따라 장지문 사이의 공간까지 이
동합니다. 그리고 자물쇠를 풀고 들어가 방에 있는
손님을 살해합니다.

똑같은 방식이에요. 사이타마와 도쿄의 집은 이 집
의 구조를 **이어받은 것** 아닐까요?

가타부치 그런…….

구리하라 그리고 범인은 이러한 집 구조를 이용해 요짱을 살
해하기로 마음먹었어요.

범인은 복도로 나가서 불단을 통해 통로로 들어간
후, ②번 방을 지나 ④번 방에 침입합니다. 그리고
잠든 요짱을 데리고 왔던 길을 되짚어 감금방으로
가서 요짱을 죽인 겁니다.

필자 왜 감금방에서?

구리하라 이유는 두 가지입니다.

첫 번째는 요짱이 깨면 안 되기 때문이에요. 요짱이
깨어나서 소리를 지르거나 몸부림을 치면, 계획은

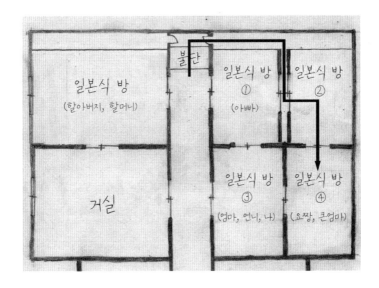

물 건너가죠. 그러니 너무 멀리까지 갈 시간은 없어요. 적어도 불단의 좁은 문을 빠져나갈 여유는 없었을 겁니다.

그리고 두 번째는 둔기로 때려 살해할 때 본인의 안전을 확보하기 위해서입니다.

이 비밀 경로는 여러 방에 인접해 있으므로 어디서 범행을 저지르든 반드시 누군가에게 소리가 들려요. 그중에서도 큰어머님께 들리는 게 제일 위험하죠. 큰어머님이 깨어나면 요짱이 없다는 사실을 바로 알아차릴 테니까요.

그래서 큰어머님 방에서 제일 먼 감금방을 선택한 겁니다. 뭐, 그럴 경우 감금방에 있는 아이에게 목격될 우려가 있으니까, 어쩌면 문 앞에서 범행을 저질렀는지도 모르겠네요.

아무튼 그 소리를 듣고 깨어난 할머님은 소리가 들린 방향으로 '감금방의 아이에게 무슨 일이 생겼다'고 생각합니다. 할머님은 불단의 문을 통해 감금방을 살피러 가겠죠. 범인은 그것까지 예상하고 계획을 실행에 옮겼을 거예요. 할머님이 오기 전에 요짱의 시신을 안고 통로를 되돌아와 ②번 방에 몸을 숨깁니다. 할머님이 별일 없다는 걸 확인하고 방에 돌아간 후, 범인은 불단 문을 통해 복도로 나옵니다. 그리고 불단 앞에 시신을 놓아두고 자기 방으로 돌아갑니다. 나중에 누군가 시신을 발견하기를 기다리기만 하면 돼요.

필자　……그렇게 하면 말이 된다는 건 알겠는데, 실제로는 좀 무리가 있지 않을까요? 범행이 너무 조잡하

달까……. 만약 경찰이 조사하면 여러 면에서 꼬리를 잡힐 것 같은데요.

구리하라 네. 그래서 범인은 **경찰이 오지 않도록 요짱의 시신을 불단 앞에 놓아둔 겁니다.**

필자 그건 무슨 뜻이죠?

구리하라 생각해 보세요. 경찰이 오면 사고 현장 부근을 철저히 조사하겠죠. 당연히 불단도요. 그러면 통로, 감금방, 아이의 존재 등 가타부치 가문에 불리한 사실이 드러납니다. 가타부치 가문 사람 입장에서는 어떻게든 피해야 할 일이에요.

즉, 요짱이 불단에서 떨어져 죽은 걸로 꾸미면, 이 집 사람들이 경찰을 부르지 않을 것이라고 범인은 확신한 거예요.

가타부치 아아. 그래서 큰엄마가 경찰에 신고하려고 했을 때 다들 기를 쓰고 말린 거로군요.

구리하라 어쩌면 가족들 모두 요짱이 사고로 죽은 게 아니라는 사실을 눈치챘을지도 모르겠습니다. 그러나 이 집의 비밀을 지키기 위해, 억지로 '사고사'라는 결론을 내렸죠. 하지만 요짱의 어머니인 큰어머님은 그런 암묵적인 합의를 받아들일 수 없었고요. 범인은 그래도 상관없었어요. '이 집의 비밀'이라는 인질을 잡고 있는 한, 사람들이 큰어머님을 막아 줄 거라고 예상했겠죠.

필자 그런데 대체 누가 그런 짓을?

구리하라 소거법을 사용해 보죠.

일단 가타부치 씨와 같은 방에 있던 어머님은 범행이 불가능합니다. 다리가 불편한 할아버님, 할아버님과 같은 방에 있던 할머님도 아니고요. 두 분이 공범이었을 가능성도 없지는 않지만, 그렇다면 할머님이 밤중에 소리가 났다고 무의미한 증언을 하는 건 이상해요. 즉⋯⋯.

가타부치 저희 아빠⋯⋯ 라는 말씀이시군요.

가타부치 씨가 말했다. 아버지가 살인범으로 지목당했는데 평상심을 유지할 리 만무하다. 하지만 가타부치 씨의 표정은 예상외로 차분해 보였다.

가타부치 확실히 이 사건이 일어난 후부터 아빠는 점점 이상해졌어요. 방에 틀어박혀 술만 마시고……. 솔직히 아빠가 요짱의 죽음에 관련된 것 아닐까 마음 한구석으로는 내내 의심했죠.

필자 그런데 동기는 뭐였을까요?

가타부치 생각해 보면 아빠와 요짱이 단둘이 이야기하는 모습은 거의 본 적이 없네요. 그렇다고 아빠가 요짱을 싫어하지는 않았을 거예요. ……저로서는…… 도무지 상상이 안 돼요.

구리하라 혹시 후계 문제가 얽혀 있던 건 아닐까요?

가타부치 후계 문제?

구리하라 몰락했다고는 하나 가타부치 가문은 원래 명문가였잖아요. 소위 '가문 상속'이라는 관습이 강하게 남아 있었을 가능성이 있어요. 가타부치 가문에는 손주가 세 명이죠. 요짱, 가타부치 씨의 언니 그리고 가타부치 씨. 이 중 누군가가 가타부치 가문을 이어받을 겁니다.

분명 남자인 요짱이 가장 유력한 후보였겠죠. 하지만 요짱이 죽으면 가타부치 씨의 언니나 가타부치 씨에게 차례가 돌아와요. 순서대로 따지면 큰딸인 언니겠네요. 아버님은 무슨 이유로 큰딸이 가타부치 가문을 이어받길 원한 것 아닐까요?

가타부치 씨의 언니가 결혼했을 때, 분명 남편이 가타부치라는 성씨를 선택했다. 데릴사위로 들어와 가타부치 가문의 대를 이은 셈이다. 하지만…….

필자 그런 이유로 조카를 죽이다니 말이 됩니까?

구리하라 가타부치 가문은 평범한 집안이 아닙니다. 뭔가 저희로서는 상상도 할 수 없는 복잡한 사정이 있어도 이상할 것 없어요.

필자 복잡한 사정이라니…….

구리하라 그렇게 생각하면 가타부치 씨의 언니가 갑자기 집에서 사라진 이유도 추측할 수 있죠. 언니는 그 집에서 **세뇌**를 당한 것 아닐까요?

필자 세뇌라고요?

구리하라 가타부치 가문은 대대로 그 집에서 살인을 저질러왔어요. 뭣 때문인지는 모르겠지만, 그게 그들의 인습이었죠. 언니는 그 역할을 떠맡은 겁니다.

하지만 평범한 환경에서 자란 사람에게 오늘부터 아이를 이용해 남을 죽이라고 지시한들, 어떻게 그런 짓을 하겠습니까. 그래서 가타부치 가문의 후계자는 어릴 적부터 그 집에 갇혀 지내며 사람을 죽일 수 있게끔 세뇌를 받는 거죠. 뭐, 억측에 지나지 않지만요.

그때 문밖에서 "시간 다 돼 갑니다."라는 목소리가 들렸다. 아무래도 회의실 대여 시간이 다 끝나 가는 모양이다. 시계를 보자 벌써 6시가 넘었다. 우리는 이야기를 일단락 짓고 서둘러 돌아갈 준비를 했다.

* * *

밖으로 나가자 이미 가로등이 켜져 있었다. 셋이서 함께 역으로 걸음을 옮겼다.

필자 그런데 가타부치 씨. 친가 가족들은 지금도 건재하신가요?

가타부치 그게, 잘 모르겠어요. 요짱이 죽은 뒤로 한 번도 안

　　　　　가 봤거든요. 가출한 거나 다름없이 독립해서 언니

　　　　　말고 다른 친척과는 연락도 뚝 끊겼고요.

필자　　　그렇군요…….

가타부치 하지만 오늘 이야기를 듣고 할아버지 집에 가 보기

　　　　　로 결심했어요.

필자　　　주소는 아세요?

가타부치 아니요. 하지만 엄마는 알 거예요. 다시 한 번 엄마

　　　　　를 만나러 가야겠어요.

　　　　　그리고 이번에야말로 언니에 대해…… 진실을 알아

　　　　　낼 거예요. 언니는 지금도 어딘가에서 괴로워하고

　　　　　있겠죠. 제가 반드시 구해 낼 거예요.

잠시 걷자 역에 도착했다.

일요일 밤이기도 해서 사람은 별로 없었다.

우리는 개찰구 앞에서 작별 인사를 나누었다.

갑작스러운 연락

8시가 지나서 집에 들어왔다. 아무튼 오늘은 지쳤다. 식욕도 없어서 바로 씻고 자야겠다 싶었을 때, 전화벨이 울렸다. 가타부치 씨의 전화였다.

필자　여보세요. 어쩐 일이세요?

가타부치　저기……. 실은…….

약간 긴장한 듯한 목소리였다.

가타부치　아까 두 분과 헤어진 후에 엄마한테 전화가 왔어요. 언니에 대해 할 말이 있으니 조만간 보자며, 되도록 빠른 편이 좋다길래…… 어쩌다 보니 내일 밤 엄마 집에 가게 됐어요.

필자　아주 급하게 일이 성사됐네요.

가타부치　네. 그래서…… 뜬금없는 부탁이라 죄송하지만, 혹시 괜찮으시면 같이 가 주시지 않겠어요?

필자　네? 제가…… 가타부치 씨 어머님 댁에요?

가타부치   네. 물론 바쁘실 테니 무리하실 건 없고요.

일정을 확인했다. 내일 밤에는 별다른 일정이 없었다.

필자   가는 것 자체는 상관없는데…… 제가 같이 가도 괜
        찮겠습니까? 어머님은 가타부치 씨와 둘이서 이야
        기하고 싶으신 것 아니실까요?
가타부치   그건 걱정하지 마세요. 엄마한테는 이미 이야기해
        놨어요. 그리고…… 개인적으로 꼭 같이 가 주셨으
        면 해요. 지금까지 사이가 안 좋아서 집에 들여보내
        주지조차 않았던 엄마가 갑자기 만나자니, 아무래
        도 이상해서요. 한심하게 들리겠지만 혼자 가기가
        불안하네요…….
필자   ……알겠습니다. 구리하라 씨도 데리고 갈까요?
가타부치   만약 괜찮으시다면요.

그 후, 만날 시간과 장소를 정하고 전화를 끊었다.
구리하라 씨에게 연락하자 가고 싶지만 할 일이 쌓였다며
거절했다. 내일은 월요일이다. 직장인인 구리하라 씨에게는

힘든 날일 듯하다. 불안하지만 어쩔 수 없다.

구리하라 씨는 마지막으로 "나중에 이야기 들려주세요."라고 말했다.

제4장
속박당한 집

편지

이튿날 오후 5시, 오미야역에서 가타부치 씨와 합류했다.

가타부치 매번 성가신 부탁만 드려서 정말 죄송해요.

필자 성가시기는요. 저도 가타부치 씨의 언니가 걱정되는걸요. 그런데 어머님은 어디 사시나요?

가타부치 구마가야요. 여기서 다카사키선을 타고 곧장 가면 돼요.

전철에서 가타부치 씨가 어머니에 대해 이야기해 주었다.

가타부치(옛날 성: 마쓰오카) 요시에 씨는 시마네현에서 태어났고 결혼 후 사이타마현에 터를 잡았다. 재혼 상대와는 이미 이혼했고, 현재는 구마가야의 맨션에 혼자 산다고 한다.

30분쯤 지나 역에 도착했다.

잠시 걷자 요시에 씨가 사는 맨션이 보였다. 가타부치 씨는 마음을 진정시키듯이 몇 번 심호흡을 했다.

엘리베이터를 타고 5층으로 올라갔다. 5층 안쪽에서 두 번째 집. '가타부치'라는 이름표가 붙어 있었다. 가타부치 씨는 잠깐 머뭇거리다 인터폰을 눌렀다. 잠시 후 문이 열렸다.

우리를 맞이한 요시에 씨는 오십 대 중반으로 보이는 아담한 여성이었다. 나를 보자 "먼 길 오시느라 고생하셨네요." 하며 머리를 깊이 숙였다. 그 후에 가타부치 씨를 힐끗 보았지만, 서로 거북한 듯 둘 다 바로 시선을 돌렸다.

거실로 안내받았다. 텔레비전 받침대 위에 놓아둔 나무 사진틀이 눈에 들어왔다. 구식 디지털카메라로 찍은 듯, 화질이 좋지 못한 가족사진이다. 유원지에서 찍은 걸까. 젊은 시절의 요시에 씨, 그리고 남편으로 보이는 남자. 부부 사이에서 손가락으로 브이 자를 만든 두 소녀. 분명 가타부치 씨와 언니 아야노 씨다.

우리는 테이블에 둘러앉았다. 요시에 씨가 홍차를 내주었지만, 가타부치 씨는 마실 낌새 없이 잠자코 고개만 숙이고 있었다. 거북한 침묵이 흘렀다. 내가 뭔가 말을 꺼내야 할까……. 그렇게 생각했을 때 요시에 씨가 입을 열었다.

요시에   요전에 네가 집에 왔을 때부터 전부 말해야 하는 거 아닌가 고민했어. 하지만 좀처럼 결심이 서질 않더구나.

요시에 씨는 텔레비전 받침대 위에 있는 사진에 시선을 주었다.

요시에   옛날에 너희 아빠랑 언니랑 약속했거든. 너한테는 아무 말도 하지 않기로.

가타부치 씨가 뭔가 말하려 했지만 긴장해서인지 입술만 달싹일 뿐 말이 잘 나오지 않았다. 홍차를 한 모금 마시고 겨우 갈라진 목소리를 쥐어짰다.

가타부치   그거…… 그 집 이야기야?
요시에   ……아는구나. 그래. 사실 이 이야기를 네게는 하고 싶지 않았어. 하다못해 유즈키 너만이라도 무관하게 살았으면 했는데. 하지만 사정이 변했어.

요시에 씨는 봉투 하나를 테이블에 내려놓았다.
받는 사람은 요시에 씨. 그리고 보낸 사람은 '가타부치 레이타'라고 적혀 있었다.

가타부치　레이타라면…… 형부?

요시에　그래. 어제 배달됐어.

가타부치 씨가 봉투를 집었다. 봉투에는 또박또박한 글씨로
가득한 편지지가 여러 장 들어 있었다.

　가타부치 요시에 님께

　너무 갑작스럽지만, 실례를 무릅쓰고 편지 드립니다. 저는
가타부치 레이타라고 합니다.

　7년 전, 요시에 님의 따님인 아야노 씨와 결혼했습니다. 이
런저런 사정으로 소식이 늦어져 정말로 죄송합니다.

　이번에 편지를 드린 건 긴히 부탁드릴 일이 있어서입니다.
저와 아야노 씨는 현재 아주 어려운 상황에 처해 있습니다.
요시에 님의 도움이 꼭 필요합니다. 뻔뻔하다는 건 잘 알지
만, 협력해 주시면 감사하겠습니다.

그런데 저희의 현재 상태에 대해 말씀드리려면, 지금까지 있었던 일부터 설명해야 합니다. 조금 길어지겠지만, 부디 용서 바랍니다.

저는 2009년에 아야노 씨와 처음 만났습니다.

당시 저는 ○○현의 고등학교에 다니고 있었습니다. 제 고교 생활은 전혀 즐겁지 않았습니다. 반에서 괴롭힘을 당했거든요.

처음에는 무시하거나 물건을 숨기는 정도였지만, 시간이 흐를수록 괴롭힘이 심해졌습니다. 어느 날 아침 학교에 가자 제 책상이 물에 흠뻑 젖어 있더군요. 당황한 제 모습을 웃으며 바라보는 학생들의 시선을 견디며 비참한 기분으로 혼자 책상을 닦고 있는데, 한 학생이 수건을 가져와서 저를 도와주더군요. 그 학생이 바로 아야노 씨였습니다.

아야노 씨는 조용하고 남들과 그렇게 적극적으로 교류하는 성격은 아니었지만, 다정하고 정의감 있으며 심지가 굳은 사람이었습니다.

그 후로도 아야노 씨에게 여러 번 도움을 받았어요. 저도 아야노 씨에게 도움이 되고자 열심히 공부해서 시험 전에 아야노 씨가 어려워하는 과목을 가르쳐 주는 등, 노력했습니다.

저희는 2학년 봄부터 사귀었습니다. 고백한 건 저고요. 아야노 씨가 고백을 받아 준 게 너무 기뻐서 하늘을 날아다니는 기분으로 며칠을 지냈습니다.

'○○현'은 가타부치 씨의 할아버지 집이 있는 곳이다. 역시 구리하라 씨 말대로 아야노 씨는 그 집에 끌려간 걸까.

하지만 설령 그렇더라도 고등학교에 다니는 등, 어느 정도 자유로운 생활이 허용됐다.

학교에서 괴롭힘을 당하던 남학생과 사귀었고, 나중에 결혼했다.

상상했던 것보다 흐뭇한 이야기로 느껴졌다. 하지만 편지는 여기서부터 심상치 않게 전개된다.

하지만 사귀기 시작하자 그전까지 눈에 띄지 않았던 아야노 씨의 묘한 면이 부각됐습니다. 아야노 씨는 수업이 끝나면 데리러 온 차를 타고 바로 집에 돌아가고, 다음 날 아침 등교할 때까지 일절 연락이 안 됩니다. 그뿐만 아니라 가족, 태어난 곳, 지금 사는 곳 등등 아무것도 말해 주지 않았습니다. 막연한 표현이지만, 아야노 씨 안에 뭔가 커다란 어둠이 있는 듯한 기분이 들더군요.

그 이야기를 들은 건 졸업이 얼마 남지 않은 겨울이었습니다.
빈 교실 구석에서 절대로 남에게 발설하지 않겠다는 약속을 받은 후, 아야노 씨는 '왼손 공양'에 대해 이야기해 주었습니다.

가타부치　어……. 왼손…… 공양?
요시에　……이게 우리 가족을 엉망으로 만든 원흉이야.

요시에 씨는 자리에서 일어나 옆방으로 가더니 작은 금고를 들고 돌아왔다. 금고 뚜껑을 열자 곰팡내가 코를 찔렀다. 금고에는 너덜너덜하니 색이 바랜 종이가 들어 있었다. 아주 오래된 물건인 듯하다. 종이에 적힌 붓글씨는 초서체라 나로서는 알아볼 수 없었다.

요시에　벌써 30년도 더 됐나. 결혼하기 조금 전에 시댁에
　　　　인사를 하러 갔었어.
　　　　그때 너희 할아버지가 이걸 보여 주며 '왼손 공양'

에 대한 이야기를 들려줬지. 아주 기분 나쁜 이야기였어. 아들의 결혼 상대에게 왜 이런 이야기를 하나 싶었지만, 그때는 나도 젊었으니까 그렇게 깊이 생각하지는 않았어. 하지만 나중에야 알았지. 그게 가타부치 가문을 수십 년이나 속박해 온 저주 같은 인습이었다는 걸.

다음은 요시에 씨의 이야기에서 출판이 가능한 부분만 정리한 내용이다.

형제

일찍이 가타부치 가문은 ○○현을 거점으로 여러 사업을 벌여 막대한 재산을 쌓았다. 그 성공에 가장 공헌한 사람은 메이지* 32년부터 다이쇼** 4년까지 당주를 맡은 가타부치 가에이였다.

* 일본 연호. 1868~1912년
** 일본 연호. 1912~1926년

가에이는 담대한 성격과 뛰어난 경영 능력으로 사업을 크게 성장시켰다. 하지만 쉰 살을 맞았을 무렵, 지병이 악화된 걸 계기로 일선에서 물러나 자리를 자식에게 물려주기로 했다.

가에이에게는 **소이치로**와 **세이키치**라는 아들과 **지즈루**라는 딸이 있었다.

첫째 소이치로는 아버지와 달리 내향적인 성격이었다. 둘째 지즈루와 사이가 좋아, 다 큰 후에도 같이 소꿉놀이를 하는 등 별난 구석이 있는 청년이었다고 한다. 그와는 대조적으로 막내 세이키치는 활발하고 문무를 겸비한 호기로운 청년이었다. 어릴 적부터 배짱이 두둑했고 사람을 다루는 능력도 있어서, 어떻게 보아도 세이키치가 가타부치 가문의 후계자로 적합했다.

하지만 가에이가 후계자로 선택한 건 첫째 소이치로였다. 그 이유는 세이키치의 출생이다.

사실 세이키치는 본처 소생이 아니라 가에이가 가타부치 가문에 고용된 하녀와의 사이에서 얻은 아이, 이른바 '첩의 자식'이었다. 가에이는 체면을 생각해 첩의 자식에게 가문을 물려주기를 망설였다고 한다. 다만 가에이 본인도 소이치로가 사업에 소질이 없다는 걸 잘 알고 있었다. 소이치로를 당주로

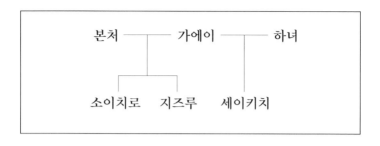

```
        본처 ─────┬───── 가에이 ─────┬───── 하녀
                 │                  │
            ┌────┴────┐             │
         소이치로   지즈루      세이키치
```

삼되, 실권은 세이키치에게 주면 된다는 꿍꿍이속이 있었던
모양이다.

하지만 일은 가에이의 생각처럼 진행되지 않았다.

세이키치는 소이치로의 뒤치다꺼리하기를 거부하고, 집을
나가서 독립한다. 세이키치의 심정도 이해는 간다. 아버지가
"넌 첩의 아들이니까 집안을 물려받을 수 없다."라고 단언한
셈이다. 아주 속상했으리라.

집을 나온 세이키치는 홀로 사업을 벌였다. 제1차 세계대전
에 의한 호황의 여파를 타고 사업은 몇 년 만에 급성장한다.
상승세를 몰아 세이키치는 스물두 살이라는 젊은 나이에 결
혼하고, 금방 아이를 얻는다. 이리하여 세이키치를 중심으로
하는 '가타부치 분가'가 탄생했다.

한편 '본가'인 가타부치 가문에서는 소이치로를 보좌하는 형태로 여전히 가에이가 사업을 지휘하고 있었다. 그러나 아버지가 앞에서 끌어 주고 뒤에서 밀어 주는 상황에 소이치로가 안주했던 것은 아니었다. 하루하루 쇠약해져 가는 아버지의 모습에, 언젠가는 자기 혼자 가타부치 가문을 통솔해야 한다는 사실을 자각하고 일을 배우기 위해 매일 열심히 공부했다고 한다. 그런 소이치로를 가에이도 든든하게 여겼다.

하지만 가에이에게는 걱정거리가 하나 더 있었다. 바로 소이치로의 결혼 문제였다.

소이치로는 이성 관계에 아주 숙맥이라, 스물네 살이 넘도록 여자와 정분이 난 적이 한 번도 없었다. 이러다가는 훗날 가타부치 가문의 후사에 문제가 생길지도 모른다. 가에이는 그렇게 생각하고 독단적으로 혼담을 진행한다.

가에이가 소이치로의 결혼 상대로 고른 여자는 저택에서 일하던 고용인 **다카마 우시오**였다. 우시오는 열두 살 때 가타부치 가문에 고용돼 청소와 식사 준비 및 그 외 다양한 잡일을 했는데, 성실하게 일하는 모습이 가에이의 눈에 들어 열여섯 살 때부터 소이치로의 수발을 들었다.

그로부터 3년이 지났다. 가에이는 나이도 비슷하고, 그동안 수발을 드느라 소이치로의 성격을 잘 파악하고 있는 우시오가 아내로서 적합하다고 판단한 것이다.

우시오

다카마 우시오……. 당시 열아홉 살. 원래 가난한 집 태생으로, 어려서 부모를 여의고 친척 집을 전전하며 길가의 풀로 허기를 달래는 어린 시절을 보냈다. 가타부치 가문에 고용된 후로도, 하녀 신세로 아침부터 밤까지 허드렛일에 시달렸다.

그런 우시오에게 인생 최대의 전환기가 찾아왔다.

당주 소이치로와의 결혼. 지금까지 힘들었던 생활이 180도로 달라진다. '하녀'에서 '안주인'으로 신분이 상승한 것이다. 이제 원하는 것이 전부 손에 들어온다. 우시오는 기뻐서 어쩔 줄 몰랐다.

두 사람이 결혼하고 며칠 후, 가에이는 안심했다는 듯 숨을 거두었다.

정식으로 소이치로의 아내가 된 우시오는 꿈같은 하루하루를 보낸다. 호화로운 식사, 예쁜 옷. 그뿐만 아니라 모두가 자신을 공경하며 머리를 숙인다. 살면서 갖은 고생을 맛본 우시오로서는 거부하기 힘든 쾌락으로 가득한 나날이었다.

하지만 그런 생활 속에서도 한 가지 걱정이 있었다. 바로 남편 소이치로의 태도였다. 소이치로는 우시오에게 다정했지만, 결코 아내로서 대하지는 않았다. 결혼한 후로 단 한 번도 부부 관계를 가진 적이 없었다고 한다.

어느 밤, 잠에서 깨어난 우시오는 옆에서 자고 있을 남편이 없다는 걸 알아차린다.

소이치로는 한 시간쯤 지나서야 돌아왔다.

그런 일이 매일 밤 계속되자, 우시오는 수상쩍은 마음에 결국 소이치로의 뒤를 밟기로 한다.

소이치로가 향한 곳은 여동생 지즈루의 방이었다.

위기

　마침 그 무렵, 가타부치 가문 전체에 먹구름이 드리웠다.

　가타부치 가문에서 운영하는 사업은 지금까지 가에이의 독재적인 리더십 아래 성장했다. 소이치로도 노력했지만 아버지의 능력에는 한참 못 미쳤다. 결국 가망이 없다고 판단한 우수한 인재들이 차례차례 떠나자 사업 실적은 점차 악화됐다. 그리고 몇 년 후, 엎친 데 덮친 격인 일이 발생한다.

**　지즈루가 소이치로의 아이를 임신한 것이다.**

　가타부치 가문은 큰 혼란에 빠졌다. 당주가 친동생과 정을 통했다는 사실이 세상에 알려지면 가타부치라는 이름에 흠집이 생긴다. 관계자들은 사실을 뭉개 버리기 위해 분주히 애썼다.

　그런데 이 일이 우연히 어떤 인물의 귀에 들어간다. 소이치로의 남동생 **세이키치**의 귀에.

　세이키치는 의외의 행동에 나선다. 본가로 찾아와 관계자 일동 앞에서 소이치로를 질책한 것이다.

"동생과 짐승만도 못한 짓을 하는 멍청한 작자에게 가타부치 가문을 맡길 수는 없어. 애당초 소이치로는 가타부치 가문의 당주를 맡을 만한 그릇이 아니야." 하고 당당하게 주장했다.

이미 집을 나가 독립한 분가 사람이 본가에 쳐들어와 당주를 욕하다니, 당시의 가치관으로는 생각지도 못할 무례한 짓이었다.

하지만 관계자들도 소이치로의 한심한 꼬락서니에 불만을 품고 있던 터라, 세이키치의 주장에 동의하는 사람이 많았다고 한다.

가타부치 가문의 약점을 쥔 세이키치는 그 후, 당근과 채찍을 섞어 가며 본가의 주요 인물을 차례차례 분가로 포섭한다. 그에 대항할 힘이 소이치로에게는 없었으므로, 가타부치 본가가 소유하고 있던 재산과 사업 경영권은 부당하게도 대부분 분가에 흡수됐다.

본가에 남은 것이라고는 저택과 땅, 약간의 재산 그리고 고용인 몇 명뿐이었다. 세이키치 입장에서는 일찍이 자신에게 굴욕을 주었던 가타부치 가문과 형에게 복수한 셈이다.

이 소동으로 가장 큰 피해를 입은 사람은 소이치로의 아내 우시오였다. 겨우 손에 넣은 꿈같은 나날이 신기루처럼 사라지고, 비참하고 궁핍한 생활을 강요받는 꼴이 되고 말았다. 소이치로의 아내인 이상, 분가로 옮겨갈 수도 없다.

몰락한 집안의 산속 저택에서 사랑이 없는 남편, 그리고 남편의 아이를 임신한 시누이와 함께 살아간다. 그 지옥 같은 삶 속에서 우시오는 서서히 정신이 병들었다.

처음으로 이변을 알아차린 건 고용돼서 일하는 여자였다. 말을 걸어도 반응이 둔하고 그런가 싶다가도 느닷없이 어린아이처럼 떼를 쓴다. 본판이 야무진 우시오였던 만큼 그런 변화가 특히 이상하게 느껴졌다고 한다.

얼마 지나지 않아 온종일 어딘가 멍하니 바라보다가 가끔 큰 소리로 울부짖으며 손톱으로 자기 몸을 할퀴는 등 이해하지 못할 행동이 늘어났다.

아무래도 죄책감이 들었는지 소이치로는 자청해서 우시오를 돌보았다. 하지만 이 다정함이 비극을 초래한다.

어느 날 우시오가 감이 먹고 싶다고 졸랐다.

소이치로는 우시오의 방에 감을 가져와서 식칼로 잘라 주었다. 우시오가 몇 조각 먹고 그만두었으므로, 소이치로는 남은 감을 베갯머리에 놓아두고 방을 나섰다. 이때 식칼까지 놓아두고 온 줄 소이치로는 몰랐다.

십수 분 후, 불길한 예감에 소이치로는 부랴부랴 우시오의 방으로 향했다. 하지만 이미 늦었다.

소이치로의 눈에 들어온 건 방 한복판에 피투성이로 쓰러진 우시오, 그리고 다다미에 가득한 시뻘건 손자국이었다.

식칼로 왼쪽 손목을 쑤신 우시오가 피에 젖은 손바닥으로 다다미를 수없이 내리친 것이다. 뼈가 부러지고 살이 찢겨 손목은 가죽 한 장으로만 이어져 있는 듯한 상태였다고 한다.

이 죽음이 자살인지, 자해 행위가 과했던 결과인지는 알 수 없다. 어쨌든 소이치로는 자기 때문에 우시오가 죽었다고 생각해 큰 충격을 받는다.

쌍둥이

우시오가 죽고 몇 달 후, 지즈루가 산기를 보이더니 남자 쌍둥이를 낳았다.

소이치로는 깜짝 놀랐다. 첫째는 사지가 멀쩡했지만, 둘째
는 왼손이 없었기 때문이다. 너무나도 무서운 우연이었다.

현재는 근친상간으로 열성 유전자가 발현해 선천적 기형아
가 태어나기 쉽다는 사실이 잘 알려져 있다. 실제로 가타부치
가문에는 이전에도 비슷한 장애를 가지고 태어난 사람이 몇
명 있었던 모양이다. 즉, 원래부터 이따금 손에 문제가 있는
아이가 태어나는 혈통이었다.

하지만 그러한 지식이 없었던 소이치로는 왼쪽 손목을 자르
고 죽은 우시오를 떠올리고, 이 현상이 우시오의 저주라고 믿
는다.

소이치로와 지즈루는 액막이를 위해 아이를 데리고 신사와
절을 돌아다녔다.

그러다 어느 절 스님에게 조언을 받아 불교에서 마귀를 쫓
는 의미가 있다고 하는 '삼(麻)'과 '복숭아(桃)'라는 글자를 넣
어 두 아이에게 **'아사타(麻太)'**와 **'모모타(桃太)'**라는 이름을 붙
인다.

란쿄

아사타와 모모타가 세 살이 됐을 무렵, 한 여자가 가타부치 가문을 찾아온다. 수수께끼의 주술사 '**란쿄**'였다.

란쿄는 저택에 들어오자마자 "이 집에는 여자의 원념이 가득하네요. 예전에 이 집에서 당신 부인이 돌아가셨군요." 하고 소이치로에게 말했다.

아무 말도 하지 않았는데 우시오에 대해 알아맞히자, 소이치로는 그 신통한 능력에 놀라 란쿄에게 신앙심에 가까운 마음을 품는다. 그리고 지금까지 있었던 일을 모조리 털어놓는다.

이야기를 들은 란쿄는 이렇게 말했다.

"우시오 씨가 원망하는 건 당신 부부가 아닙니다. 모든 것을 빼앗아 간 동생 세이키치 씨죠. 그 원한이 모모타에게 영향을 미친 겁니다. 세이키치 씨에게 복수하지 않으면 이 저주가 결국은 모모타를 죽음으로 몰아넣을 겁니다."

란쿄는 우시오의 저주를 풀 방법을 소이치로에게 전수했다. 그것은 다음과 같은 내용이었다.

• 모모타를 햇빛이 들지 않는 방에 유폐한다.

- 저택 밖에 별채를 만들어 우시오의 불단을 안치한다.
- 모모타가 열 살이 됐을 때 세이키치의 아이를 직접 죽이게 한다.
- 죽인 아이의 왼손을 잘라 불단에 봉납한다.
- 모모타의 형 아사타가 '후견인'으로서 모모타를 보좌한다.
- 모모타가 열세 살이 될 때까지 매년 이 의식을 거행한다.

란쿄는 이 의식을 '왼손 공양'이라고 명명했다. 우시오의 저주를 두려워한 소이치로는 란쿄가 시키는 대로 의식을 준비했다.

여기서 나는 요시에 씨에게 질문했다. 이야기를 끊는 건 실례라고 생각했지만, 이해가 안 되는 점이 너무 많았다.

필자   죄송합니다. 란쿄라는 여자는 대체 누구입니까? 별채를 만들라고 하질 않나, 세이키치의 아이를 죽이라고 하질 않나. 아무리 봐도 수상한데요.

요시에   맞는 말씀이에요. 제가 생각하기에도 뭔가 꿍꿍이가 있는 게 아닌가 싶었죠. 그래서 예전에 어떤 방법으로 란쿄에 대해 조사해 봤어요. 그랬더니 뜻밖의 사실이 밝혀졌어요. 사실 란쿄는 **세이키치의 인척**이었어요.

필자 정말입니까?!

가타부치 분가

요시에 세이키치는 몹시 여자를 밝히는 사람이라 이십 대에 아내가 다섯 명이나 있었다고 해요. 란쿄는 두 번째 부인 시즈코의 여동생이었어요. 물론 '란쿄'는 가명이고 본명은 미야코였다고 하네요.

필자 그렇다면…… 세이키치에게 란쿄는 처제잖습니까. 어째서 처제가 **형부**의 아이를 죽이려고 술수를 쓴 걸까요?

요시에 아마도 후계 문제 때문이었을 거예요. 당시 세이키치에게는 아이가 여섯 명 있었는데, 그중 세 명이 어린 나이에 죽었어요. 첫째 부인이 낳은 **큰아들**과 셋째 부인이 낳은 **셋째 아들**과 **넷째 아들**이었죠. 그리고 결과적으로는 둘째 부인 시즈코가 낳은 **둘째 아들**이 세이키치의 뒤를 이었대요.

필자 그럼…… 둘째 부인이 자기 아들을 후계자로 삼기 위해…….

세이키치는 아내가 무려 다섯 명이었다. 어떻게든 자기 아이를 후계자로 삼고 싶다는 마음에서 아내들끼리 권력 싸움을 일삼았으리라는 것은 상상하기 어렵지 않다.

다른 아내의 아이는 전부 경쟁자다. 둘째 부인 시즈코는 아들에 대한 애정이 폭주한 나머지 경쟁자를 죽이기로 마음먹는다. 하지만 직접 손을 쓸 수는 없다.

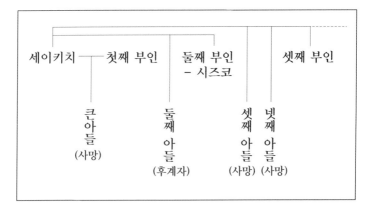

그래서 끌어들인 것이 가타부치 본가였다. 일단 여동생 미야코를 주술사인 척 본가에 잠입시킨다. 그리고 우시오의 저주에 겁을 먹어 정신이 어수선해진 소이치로를 잘 구슬려 자기 아들과 나이가 비슷해 방해되는 큰아들, 셋째 아들, 넷째 아들을 죽이게 했다. 별채의 그 안쪽 방에서.

필자   즉, 그 시점에도 본가와 분가는 아직 교류하고 있었다는 뜻이군요.

요시에   아마도요. 본가에서 별채를 지을 수 있었던 건, 시즈코를 통해 분가에서 자금을 지원해 주었기 때문이 아닐까 싶어요.

필자   그렇군요…….

하지만 그래도 아직 납득이 가지 않는 부분이 있다.

필자   시즈코와 란쿄는 왜 소이치로 본인이 아니라 아이들……, 모모타와 아사타에게 살인을 시켰을까요?

요시에   이건 제 상상에 지나지 않지만, 시즈코가 본인의 안전을 지키기 위해서 그런 게 아닐까 싶네요.

필자	좀 더 자세히 설명해 주시겠어요?
요시에	소이치로에게 살인을 시키면 죄책감 때문에 자수할 가능성이 있어요. 그러면 시즈코의 계획이 들통나겠죠. 하지만 아이들을 실행범으로 만들면, 소이치로가 두 아들을 지키기 위해 비밀을 끝까지 숨길 거라고 생각한 것 아닐까요?
필자	요컨대 입막음을 위한 전략이라는 말씀이시군요.
요시에	실제로 어땠는지는 모르겠지만요.
필자	그 후에 두 집안의 관계는 어떻게 됐나요?
요시에	그게, 잘 모르겠어요. 어쩌면 분가 쪽에서 본가의 움직임을 알아차리고 교류를 끊었을지도 모르죠. 훗날 태평양 전쟁이 시작되자 분가의 사업은 공습으로 망했어요. 전쟁이 끝난 후에도 다시 부흥하지 못했고. 세이키치의 자손들은 전국으로 뿔뿔이 흩어졌대요. 다만 본가는 산 중턱에 있었던 덕분에 공습의 피해가 적었고, 별채도 고스란히 남았죠. **남아 버렸다**……. 그렇게 표현하는 편이 좋을지도 모르겠네요.
필자	'왼손 공양' 의식도 같이 후세에 이어졌다는 말씀이

십니까?

요시에   맞아요. 시즈코의 계략을 마지막까지 눈치채지 못한
소이치로는 란쿄의 가르침을 우직하게 따랐어요.

요시에 씨는 종이를 들고 붓글씨를 읽었다.

> ## 왼손 공양
>
> 하나. 가타부치 가문에 왼손 없는 아이 태어나거든
> 암실에 넣어 키울지어다.
>
> 둘.   왼손 없는 아이 열 둘을 맞는 해,
> 가타부치 세이키치의 핏줄의 목숨을 잇게 하고,
> 왼손을 자를지어다.
>
> 셋.   왼손을 우시오의 불단에 모시어
> 공물로 삼을지어다.
>
> 넷.   왼손 없는 아이의 형자(兄姉),
> 만약 그런 자가 없을 시에는 친족 중에서 연령이
> 가까운 자에게 흑견인 역할을 맡길지어다.
>
> 다섯. 이 의식을 왼손 없는 아이 열세 둘을 맞는 해까지
> 한 해에 한 번 반드시 거행할지어다.

요즘 말로 이해하기 쉽게 다듬으면 다음과 같다.

하나. 가타부치 가문에 왼손이 없는 아이가 태어나면 어두
  운 방에 가두어서 키운다.

둘. 왼손이 없는 아이가 열 살이 되면 가타부치 세이키치
  와 한 핏줄인 사람을 죽이게 하고 왼손을 잘라 낸다.

셋. 잘라 낸 왼손은 우시오의 불단에 바친다.

넷. 왼손이 없는 아이의 형이나 오빠 또는 누나나 언니,
  그에 해당하는 사람이 없으면 일가친척 중에 나이가
  비슷한 사람에게 후견인 역할을 맡긴다.

다섯. 이 의식은 왼손이 없는 아이가 열세 살이 될 때까지
  1년에 한 번 반드시 거행한다.

요시에 소이치로는 다섯 항목으로 정리한 란쿄의 가르침을
  가타부치 가문의 가훈으로 삼아 아이들에게 엄히
  가르쳤대요.

필자 아이들이라면 아사타와 모모타 말씀입니까?

요시에 그 두 사람은 물론이고, 사실 소이치로와 지즈루에
  게는 아이가 하나 더 있었어요. 바로 **시계하루**라는

아이예요.

가타부치 뭐?!

내내 잠자코 있던 가타부치 씨가 소리를 질렀다.

가타부치 '시게하루'라니, 혹시……

요시에 그래, 너희 할아버지야.

시게하루

그 집에 살았던 가타부치 씨의 할아버지는 어릴 적에 소이치로에게 직접 '왼손 공양'을 교육받았다는 말인가.

요시에 아사타와 모모타가 젊은 나이로 죽는 바람에, 결과적으로 셋째 아들 시게하루가 가타부치 가문을 물려받았어요.
다만 모모타 이후로는 왼손이 없는 아이가 태어나지 않아서 의식은 거행되지 않았다고 해요. 그런데 그로부터 80년 넘게 지난 2006년……. 태어나고 말았어요. 제 손윗동서, 미사키 씨의 아이였죠.

가타부치 큰엄마……. 그럼 설마…… 그때 큰엄마 배 속에 있던 아이가…….

요시에 응. 임신 4개월 때 받은 출산 전 검사에서 왼손이 없다는 사실이 판명됐다나 봐.

필자 태어나기 전부터 알고 있었군요.

요시에 네. 실은 동서가 저한테 그 일을 상의했어요. 어느 날 밤에 전화가 왔죠. 동서는 전화로만 들어도 알 수 있을 만큼 동요한 목소리로 "요시에, 어쩌지. 배 속의 아기에게 왼손이 없어." 하고 말했어요.

그게 무슨 의미인지는 물론 저도 알고 있었어요. 하지만 당시 저는 '왼손 공양'이라는 끔찍한 의식을 실제로 거행할 거라고는 생각지 않았죠. 그래서 "걱정하지 말아요. 아버님, 어머님도 진심으로 옛날 관습을 지킬 생각은 없으실 거예요." 하고 달랬어요.

그러자 동서가 딱딱한 목소리로 "아무것도 모르는구나. 그 사람들이 그냥 넘어갈 리 없어." 하고 화를 내더라고요. 지금은 동서의 마음이 이해가 가요.

나중에 들었는데 통화한 다음 날, 동서는 시아버지와 시어머니에게 감금당했다고 해요.

필자 감금이요?!

요시에 네. 한 달 후에 풀려났죠. 임신한 지 딱 22주째 접어들었을 때요. 22주가 지나면 중절 수술을 못 하거든요.

필자 미사키 씨가 중절 수술로 의식을 피하지 못하게 하려고…….

요시에 네. 그 사실을 알자 섬뜩하더군요. 시아버지와 시어머니는 진심이었던 거예요. 특히 어린 시절 소이치로에게 엄한 교육을 받은 시아버지는 철석같이 믿었을 거예요. 우시오의 저주를…….

필자 '세 살 버릇 여든까지 간다'는 말이 있기는 하지만, 그런 광기 어린 가르침을 몇십 년이나 믿고 따르려 하다니, 아무래도 정상이 아닌 것 같은데요.

요시에 실은 거기에도 이유가 있어요. 가타부치 가문은 저택 외에도 드넓은 땅을 가지고 있었는데요. 태평양 전쟁 이후의 경제 성장과 거품경제 시기의 지가 상승 덕분에 그 땅으로 막대한 수입을 얻었대요. 그래서 시아버지는 밖에 나가서 일하지 않고, 인생의 대부분을 집에 틀어박혀 제한된 인간관계 속에서 지냈죠. 가타부치 가문에서 적지 않은 자금을 지원받았던 친척과 지인들은 아무도 시아버지에게 참견하지 못했고, 그렇다 보니 시아버지는 생각을 고칠 기회를 잃어버렸을 거예요.

필자 그렇군요.

요시에 그런 경위로 동서는 아이를 낳을 수밖에 없었어요. 동서에게는 요이치라는 아들이 있었는데, 원래는 걔가 후견인을 맡아야 했죠. 하지만 그해 8월에 사고로 죽었어요.

가타부치 엄마는 요짱이 사고로 죽은 걸 어떻게 생각해?

가타부치 씨가 조심스레 물었다. 요시에 씨는 잠시 생각하다 이렇게 대답했다.

요시에 요짱이 죽기 한 달 전에 너희 아빠가 나에게 물어봤어.
"당신 외할머니의 옛날 성씨, '가타부치'였지?" 하

고. 결혼했을 때 한 번 지나가듯 이야기한 걸 기억
하고 있었나 봐. 아빠가 만약을 위해 가계도를 조사
해 보는 게 좋겠다고 그러더라. 처음에는 무슨 뜻인
지 잘 이해가 가지 않았지. 하지만 시킨 대로 호적
을 찾아보다 알아냈어.

실은 내 외할머니 가타부치 야요이가 세이키치의
일곱 번째 아이였다는 걸.

가타부치 뭐?!

요시에 처음에는 나도 믿기지가 않더구나. 하지만 이리 알
아보고 저리 알아봐도 사실이었어. 나는 가타부치
분가의 핏줄이었던 거야. 즉 '왼손 공양'으로 살해당
하는 쪽 사람이지. 내 딸인 너랑 네 언니도 마찬가
지고. 아빠는 혹시 장래에 우리가 '왼손 공양'의 목
표물이 되지는 않을까 걱정했어.

가타부치 친가 사람들이 우리를 죽이려고 할지도 모른다는
거야?

요시에 가능성은 한없이 낮지만, 아예 없지는 않다고 했어.
아빠가 자기한테 맡겨 두라고 하더구나. 나중에야
그 말이 무슨 뜻인지 알았지.

요짱이 죽었을 때 분명 뭔가가 부자연스러웠어. 나는 바로 너희 아빠를 의심했단다.

나중에 캐물었더니 아빠는 울면서 자백했어. 가족을 지키기 위해서 어쩔 수 없었다고.

가타부치 ……요짱을 죽이고, 언니를 범죄자로 만들어 놓고 가족을 지킨다니……. 이상하잖아.

요시에 아빠도 그건 알고 있었던 모양이야. 매일 내가 어떻게 됐나 보다, 왜 그런 짓을 저질렀을까, 하고 잠꼬대하듯 중얼거렸지.

물론 아무리 후회한들 아빠가 저지른 짓은 용서받을 수 없어. 다른 방법도 얼마든지 있었을 텐데. 하지만 지금 생각하면 너희 아빠도 가타부치 가문의 관습 때문에 망가진 게 아닐까 싶어.

아빠도 어릴 적에 너희 할아버지한테 '왼손 공양'에 대해 교육받았대. 그릇된 가치관을 주입받은 거지. 그래도 그 가치관 속에서 최선을 다해 가족을 지키려고 한 거야. 너한테는 말 안 했지만, 자동차 사고가 났을 때 아빠는 술을 마시지 않았어. 끝내 죄책감에 짓눌려 스스로 죽음을 선택한 거지. 어떤 의미에서는 가엾은 사람이었어.

  요시에 씨는 한숨을 쉬었다. 그때 가타부치 씨가 작은 목소리로 말했다.

가타부치 왜 넘겨준 거야?

요시에 ……

가타부치 왜 언니를 그런 사람들에게 넘겨준 거냐고? 거부했으면 됐잖아.

요시에 ……협박당했거든. ……너희 할아버지한테. 말만 앞세운 협박처럼 들리지 않았어. 관습을 지키기 위해 임신한 며느리까지 감금한 사람이잖니. 얌전히 아야노를 넘겨야 너희 둘의 목숨을 보장받을 수 있을 것 같았어.

가타부치 ……하지만…… 도망칠 수도 있었잖아? 아니면 경찰에 신고하든가.

요시에 물론 나도 그럴 작정이었어. 하지만 그러려면 준비가 필요하잖아. 그래서 일단 아야노를 넘기고, 찬찬히 되찾을 계획을 세우려고 했어. 하지만 순진한 생각이었지. 감시를 당했거든.

아빠가 죽고 나서 웬 남자가 집에 들어왔잖니? 기요쓰구라는 남자. 너한테는 재혼할 사람이라고 설명했지만, 실은 아니야. 그 사람은 너희 할머니 조카야. 벌어먹일 사람이 없으면 힘들 테니 자기가 대신 돌봐 주겠다고 했지만, 실은 내가 괜한 짓을 하지 않도록 감시하러 온 거였지. 가타부치 가문은 그런 집안이야.

가타부치　…….

요시에　하지만 결국 변명에 불과하겠지. 결과적으로 아야노를 내버려 둔 셈이니까.

가타부치　……왜 날 보내지 않았어?

요시에　응?

가타부치　'일가친척 중에 나이가 비슷한 사람'이면 나라도 상관없었잖아? 왜 언니를 선택했어?

요시에　……그건 우리 부부 나름의 필사적인 저항이었어. 당시 넌 열 살이었지. 많이 어린 나이였으니 세뇌 교육을 받으면 가타부치 가문의 가치관에 완전히 물들지도 몰라. 그에 비해 아야노는 열두 살이었고.

제법 사리 분별을 할 줄 아는 나이이니까 인격에까지 영향을 받지는 않을 거라고 생각한 거야.

그게 올바른 판단이었다고는 하지 않을게. 하지만 아야노는 변하지 않았단다. 실은 한 달에 한 번, 아야노에게 편지가 왔어.

가타부치 진짜?

요시에 당연히 할아버지와 할머니가 검사했을 테니, 그저 무난한 내용뿐이었지만. 그래도 편지에는 늘 가족을 걱정하는 말이 적혀 있었어. 특히 널 많이 염려했지. "유즈키에게는 걱정을 끼치고 싶지 않으니까 아무 말도 하지 마. 유즈키는 아무것도 모른 채 날 잊고 자유롭게 살면 좋겠어." 매번 그런 말을 적어 보냈지.

가타부치 ······전혀 몰랐어.

요시에 그건 아빠도 마찬가지였어. 유즈키에게는 아무것도 알려 주지 말라고 신신당부했지. 언니와 아빠, 물론 나도 네가 행복하길 바랐단다.

가타부치 그래서······ 지금까지 아무것도 가르쳐 주지 않은 거야?

요시에 응. 하지만 난 완벽하게 숨길 자신이 없었어. 입 밖에 내지 않아도 함께 있으면 반드시 뭔가 전해지는 법이거든. 그래서 너랑 거리를 두려고 미운털 박힐 짓을 한 거야. 미안해…….

계획

가타부치 그나저나…… 언니는 지금도 큰엄마의 아이에게…… 살인을 시키고 있다는 거야?

요시에 ……나도 그렇게 생각했어. 어제까지는.

가타부치 뭐?

요시에 편지를 계속 읽어 봐.

가타부치 씨는 머뭇머뭇 편지를 집어 들었다.

……공양'에 대해 이야기해 주었습니다. 요시에 님은 그게 뭔지 잘 아실 겁니다. 너무나 비현실적인 내용이라 당장은 믿기지가 않더군요. 하지만 울면서 이야기하는 아야노 씨가 거

짓말하는 것처럼 보이지는 않았습니다.

"난 몇 년 후에 범죄자가 될 거야. 나랑 계속 같이 있다가는 너도 피해를 입을지 몰라. 그러니 이제 헤어지자." 아야노 씨는 그렇게 말했습니다.

저는 "그런 관습에 따를 필요 없어. 도망치면 되잖아." 하고 몇 번이나 설득했지만, 아야노 씨는 안 된다는 말로 일관했습니다. 늘 감시받고 위협당하는 아야노 씨로서는 달아날 방법이 없었던 겁니다.

아야노 씨를 구할 방법이 없을까. 여러모로 고민한 결과, 저는 한 가지 계획을 세웠습니다. 아주 조잡하고 불확실한 계획이었지만, 아야노 씨를 구하려면 달리 방법이 없었습니다.

며칠 후 저는 아르바이트로 모은 돈을 전부 털어, 지금 생각하면 싸구려라는 말도 아까운 반지를 사서 아야노 씨에게 청혼했습니다. 아야노 씨는 당황한 눈치더군요. 당연합니다. 제가 생각하기에도 아주 생뚱맞은 짓이었으니까요. 하지만 제가 세운 계획에는 꼭 '결혼'이 필요했습니다.

그 후, 아야노 씨에게 제 계획을 들려주고 몇 주일이나 설득한 끝에 겨우 승낙을 받았습니다.

저희는 고등학교를 졸업하자마자 결혼했습니다. 저는 부모님의 반대를 무릅쓰고 가타부치 가문에 데릴사위로 들어갔죠. 즉, '가타부치 가문의 일원이 되어 아야노 씨와 함께 '왼손 공양' 의식의 후견인을 맡겠다'는 의미입니다.

처음으로 가타부치 가문에 인사하러 갔을 때, 먼저 비밀 방으로 안내받았습니다.

거기에는 아야노 씨에게 들은 대로 남자애 하나가 있었습니다. 왼손 없이 태어나는 바람에 가혹한 운명을 짊어진 아이, 모모야입니다. 어머니 미사키 씨는 모모야를 낳자마자 집을 나간 듯, 당시 그는 부모 없는 고아였습니다.

체격은 또래 아이들과 크게 차이나지 않았지만, 창백하니 건강해 보이지 않는 피부와 마치 모든 감정이 빠져나간 것 같은 표정이 얼마나 이상한 환경에서 자랐는지를 말해 주는 듯했습니다.

모모야는 머리가 좋아 여섯 살이라는 게 믿기지 않을 만큼 또렷또렷하게 대답을 잘 하는 아이였지만, 능동적으로 뭔가 하거나 자신의 기분과 욕구를 겉으로 드러내지는 않았습니다. 예전에 텔레비전에서 부모님과 함께 신흥종교에 빠진 아이들의 영상을 본 적이 있는데, 거기 나온 아이들과 비슷한 느낌이더군요. 모모야는 가타부치 가문 사람들에게 인격을 빼앗긴 것 같았습니다.

그날 밤, 결혼을 축하하는 자리가 마련됐습니다. 참석자는 아야노 씨의 조부모인 시게하루 씨와 후미노 씨. 아야노 씨, 저, 그리고 기요쓰구 씨라는 남자였습니다.

기요쓰구 씨는 후미노 씨의 조카로, 시게하루 씨가 가장 신뢰하는 사람입니다. 가타부치 가문 사람 중에서 이 사람에게 제일 신세를 많이 졌습니다. 당시 사십 대 후반으로, 구릿빛 피부에, 잘 웃는 것치고는 묘한 위압감을 풍겼습니다.

연회가 끝난 후 기요쓰구 씨가 제게 "너도 여러모로 힘들겠지만, 일에 차질이 없도록 열심히 해. 모모야는 딱한 아이야. 되도록 예뻐해 줘." 하고 슬쩍 귀띔한 기억이 나네요.

그로부터 몇 년간, 모모야가 열 살이 되기까지 저는 가타부치 가문에서 생활하며 후견인이 되기 위한 교육을 받았습니다. 가타부치 가문 사람의 신용을 얻기 위해 저는 최대한 순

종적으로 굴었고, 관습에 물든 척했습니다.

그리고 의식이 시작되기 1년 전, 계획을 실행에 옮겼습니다.

일단 시게하루 씨에게 저희가 살 집을 지어 달라고 부탁했습니다. '왼손 공양'의 다섯 항목에 어디서 살인을 저질러야 한다는 내용은 따로 없습니다. 즉, 저희 부부가 모모야를 데리고 독립해, 저희 집에서 모모야에게 살인을 시킨 후 시신의 왼손을 가타부치 가문에 보내도 의식은 성립하지 않겠느냐고 설득한 거죠.

처음에 시게하루 씨는 난색을 보였지만, 기요쓰구 씨가 중간에서 잘 조율해 준 덕분에 조건부로 제 주장이 받아들여졌습니다.

조건은 다음 두 가지입니다.

• 새집은 가타부치 가문이 주도해서 설계한다.
• 기요쓰구 씨가 우리를 감시한다.

이 조건을 받아들이는 형태로 저희는 독립을 허락받았습니다. 새집은 당시 기요쓰구 씨가 살던 사이타마현에 지었습니다.

가타부치 가문을 떠나기 전에 시게하루 씨가 제게 목록을 한 장 주었습니다.

목록에는 이름과 주소가 100개도 넘게 적혀 있었습니다. 전부 아직 살아 있는 가타부치 분가의 자손이라고 하더군요. 즉 이 중에서 죽일 사람을 고르라는 뜻입니다.

대체 어떻게 알아낸 걸까요? 저는 가타부치 가문이 새삼 무서워졌습니다.

저희는 2016년 6월에 사이타마의 새집으로 이사했습니다. '왼손 공양'이 거행되는 건 9월. 가타부치 가문의 규칙에 따르면 석 달 후에 사람을 죽여야 합니다. 하지만 저는 규칙에 따를 생각이 없었습니다. 가타부치 가문을 속여 누구 하나 죽이거나 상처 입히지 않고 '왼손 공양'을 넘길 작정이었습니다.

저는 일단 목록에 실린 사람들의 현재 상황을 조사했습니다. 그리고 군마현의 연립주택에 사는 T라는 남자를 점찍었습니다. 당시 이십 대였던 T는 아르바이트를 하며 지내고 있었는데요. 이웃 사람에게 물어보니, 아무래도 대부업체에서 돈을 빌린 모양이었습니다.

저는 T가 단골로 드나드는 술집에 가서 슬며시 그에게 접근했습니다. 우연을 가장해 몇 번 술자리를 함께하는 동안, T는 점점 제게 마음을 열었습니다.

그러던 어느 날 T가 200만 엔 가까운 빚이 있는데, 아르바이트만으로는 이자도 제대로 못 낸다고 속내를 털어놓더군요. 저는 그 말이 나오기만을 기다리고 있었습니다.

저는 T에게 빚을 몽땅 갚아 주고 수고료로 50만 엔을 얹어줄 테니, 제가 시키는 대로 하지 않겠느냐고 제안했습니다.

당연히 농담인 줄 알았는지 처음에는 상대해 주지 않았습니다. 하지만 그 후로도 포기하지 않고 여러 차례 교섭한 끝에 마침내 그에게 승낙을 받아 냈습니다.

아주 수상하지만 지금의 삶을 바꿀 기회가 있다면, 모 아니면 도라는 기분으로 당신을 믿어 보겠다고 하더군요.

다음으로 저는 '시체 찾기'에 착수했습니다. 이 계획에는 '시체'가 꼭 필요했거든요.

저는 제일 먼저 아오키가하라숲*으로 향했습니다. '아오
키가하라숲에 가면 자살한 사람의 시체가 눈에 띌 것'이라고
안이하게 생각했죠. 하지만 생각처럼 일이 잘 풀리지는 않았
습니다. 사람이 놓고 간 듯한 물건이 몇몇 눈에 띄기는 했지
만, 눈에 불을 켜고 찾아도 시체는 없더군요. 저는 의기소침
해져서 집에 돌아왔습니다.

그 시점에 이미 '왼손 공양'은 1주일 앞으로 다가왔습니다.
시체가 발견되지 않으면 제 계획은 무산됩니다.

초조한 마음으로 어떻게 해야 할지 고민하고 있는데, 우연
히 어떤 정보가 귀에 들어왔습니다. 옆 동네 자치회장인 미야
에 고이치라는 독신 남자가 연락도 없이 모임에 불참했다는
겁니다. 그 이야기를 들었을 때 정체 모를 두근거림을 느꼈습
니다.

저는 미야에 씨의 주소를 알아내 그가 사는 연립주택을 찾
아갔습니다. 초인종을 눌러도 반응이 없어 시험 삼아 문을 밀
어 보자 문은 잠겨 있지 않았습니다. 속으로 사과하며 집을

---

* 3천 헥타르 규모의 광대한 원시림. 자살의 명소이기도 하다.

들여다보자, 남자 하나가 바닥에 쓰러져 있더군요.

몸은 이미 차갑게 식었고, 바닥에 알약이 흩어져 있었습니다. 아마도 지병 따위로 발작이 일어나 약을 먹으려 했지만, 때를 놓쳐서 죽은 거겠죠. 마치 악마가 안겨 준 우연 같았습니다.

그날 밤, 저는 차를 몰고 다시 그 집에 가서 미야에 씨의 시신을 싣고 돌아왔습니다. 운전하며 과연 이건 무슨 죄에 해당할까 생각했죠. 들키면 없었던 걸로 하고 그냥 넘어갈 수 있는 일이 아닙니다. 하지만 제게는 다른 선택지가 없었습니다. 집에 도착하자 미야에 씨의 시신에서 왼손을 잘라 내 냉동실에 보관했습니다.

1주일 후 '왼손 공양' 당일 아침, 저는 차로 T를 데리러 갔습니다. 제가 다녀오는 사이에 요리를 준비해 달라고 아야노 씨에게 부탁했고요. T를 데리고 돌아오자 집 앞에 본 적 있는 차가 세워져 있었습니다. 기요쓰구 씨의 차입니다. 다행히도 감시 역할을 맡은 기요쓰구 씨는 집에 들어오지 않고 밖에서 망을 보겠다고 했습니다.

저는 거실에서 T에게 요리와 술을 대접하며 잠시 시간을 보낸 후, T를 데리고 나와 욕실로 안내했습니다. T는 제가 사전에 부탁한 대로 욕실에 몸을 숨겼습니다.

저는 미리 준비한 미야에 교이치 씨의 왼손을 상자에 넣어 밖에서 망을 보고 있던 기요쓰구 씨에게 넘겼습니다. 기요쓰구 씨는 차 안에서 상자를 열어 내용물을 확인하더니, 불단에 봉납하기 위해 가타부치 가문의 집으로 향했습니다.

기요쓰구 씨를 배웅한 후, 저는 숨어 있는 T를 차에 태워 역까지 바래다주었습니다. T에게는 되도록 먼 도시로 가서 최소한 반년은 집에 돌아오지 말라고 부탁했죠. 즉, 이날부터 T는 '행방불명'된 셈입니다.

그로부터 한동안은 이 거짓말이 들통나면 어쩌나 안절부절못했습니다. 며칠 후 기요쓰구 씨에게 의식이 무사히 끝났다는 소식을 들었을 때야 마음이 놓였죠. 살면서 그런 안도감은 처음 맛보았습니다. 그리하여 저희는 사람을 죽이지 않고 첫 번째 '왼손 공양'을 넘겼습니다.

다만 그렇다고 성취감을 느끼거나 기쁘지는 않았습니다.

사람을 죽이지는 않았지만, 제가 저지른 짓은 틀림없이 범죄니까요. 미야에 교이치 씨의 유족은 그가 죽은 줄도 모르고 계속 행방을 찾겠죠. 그렇게 생각하자 죄책감은 날로 커졌습니다.

그리고 이런 짓을 앞으로 세 번이나 더 해야 합니다. 경찰과 가타부치 가문을 두려워하며 시체를 찾는 나날은 상상했던 것보다 훨씬 정신적으로 고통스러웠습니다. 아야노 씨도 마찬가지였겠죠.

하지만 그런 생활에도 작은 보람은 있었습니다. 바로 모모야의 성장입니다.

저와 아야노 씨는 자주 모모야의 방에 가서 공부를 가르치거나 같이 게임을 하며 인간적으로 교류하려 애썼습니다. '왼손 공양'이 끝나면 모모야는 감금 상태에서 풀려나 가타부치 가문으로 돌아갈 예정이었습니다. 그때 평범한 아이로 살아갈 수 있도록, 인간적인 희로애락을 되찾길 바랐습니다.

같이 산 지 반년이 지났을 무렵부터 모모야에게 변화가 나타났습니다.

처음에는 시키는 일을 그저 기계적으로 수행할 뿐이었지만, 점차 더 하고 싶다는 둥 이건 하기 싫다는 둥 의사를 표시하기 시작하더군요. 칭찬하면 쑥스럽게 웃고 게임에 지면 속상해하는 등, 시간은 걸렸지만 그 나이대 아이에 걸맞은 감정이 싹트는 걸 느꼈습니다.

　독립하고 2년째 봄, 저희에게 아이가 생겼습니다. '히로토'라는 남자애입니다.
　이 같은 상황에서 아이를 낳아도 될까 망설여지기는 했지만, 모모야와 지내다 보니 우리 아이를 가지고 싶다는 마음이 무럭무럭 자라났습니다.
　모모야에게 히로토가 태어났다는 사실은 알려 줬지만, 보여 주지는 않았습니다. 둘의 처지가 달라도 너무 다르므로, 모모야가 히로토를 보고 마음을 다칠까 걱정됐거든요. 대신에 히로토가 태어난 후로도 모모야의 방에 가는 시간이 줄어들지 않도록 신경 썼습니다.

　히로토가 태어나고 1년 후, 기요쓰구 씨가 업무차 사이타마에서 도쿄로 이사를 갔습니다. 그에 맞춰 저희도 가타부치 가문에서 자금을 지원받아 도쿄에 새집을 지었고요.
　도쿄로 이사한 후로도 행복하다고는 할 수 없었지만, 예전에 비해 하루하루 희망이 보였습니다. 남아 있는 '왼손 공양' 의식만 어떻게든 버텨 내면 저희도 평범한 가족이 될 수 있으니까요. 히로토는 부쩍부쩍 자랐고, 모모야도 예전보다 표정이 훨씬 풍부해졌습니다.

밝은 미래가 저 앞까지 다가왔다고 믿었습니다.

지금 생각하면 참으로 순진한 생각이었죠.

불행은 느닷없이 찾아왔습니다.

올해 7월 어느 날, 새벽 1시쯤에 기요쓰구 씨에게 전화가 왔습니다. 기요쓰구 씨는 퉁명스러운 목소리로 당장 아야노와 함께 차를 몰고 집으로 오라고 말했습니다. 이런 밤중에 어쩐 일일까, 조금 불길한 예감이 들더군요.

그때까지 저와 아야노 씨가 한꺼번에 집을 비운 적은 한 번도 없어서 히로토와 모모야가 걱정됐지만, 둘 다 푹 잠들었길래 잠깐이라면 괜찮을 거라며 둘을 놔두고 가기로 했습니다.

기요쓰구 씨의 집은 저희 집에서 그리 멀지 않아, 차로는 10분도 걸리지 않습니다. 저희가 도착하자 기요쓰구 씨는 험악한 표정으로 이렇게 한마디 했습니다.

"들켰어."

　저는 무슨 소리인지 이해하지 못했습니다. 기요쓰구 씨는 저희 얼굴을 빤히 노려보다 말을 이었습니다.

　"난 '왼손 공양'에 아무 의미도 없다고 생각해. 저주니 원령 이니 전부 인간이 만들어 낸 거지. 하지만 시게하루 숙부는 달라. 그 사람은 나이를 그렇게 먹고서도 어린애처럼 귀신을 무서워해. 그래서 '왼손 공양'을 위해서라면 가문의 재산을 처분해서 얼마든지 돈을 퍼부어.

　나도 지금까지 그 국물을 받아먹었지. 너희를 감시하라며 숙부가 적지 않은 돈을 수고비로 주거든. 그러니까 이건 내게 어디까지나 일이야, 일.

　설령 꼼수를 쓰더라도 들키지만 않으면 전혀 문제없다고 생각했어.

　너희가 이런저런 방법으로 시체를 준비하는 것도 알고 있 었어. 뭐, 누구의 손이든 숙부만 모르면 그만이야. 그래서 지 금까지 너희가 하는 짓을 묵인했고, 필요하다면 100만이니 200만이니 하는 큰돈도 별말 없이 마련해 준 거야. 난 끝까지 너희에게 '협력'할 생각이었어. 하지만…… 들켰어. 걸렸다고. 이걸 봐."

기요쓰구 씨가 사이타마현에서 발행된 지방신문을 보여 주었습니다. '왼손이 절단된 시신 발견'이라는 기사가 실려 있더군요. 미야에 교이치 씨의 시신이 발견된 겁니다.

"이 기사가 우연히 숙부의 눈에 들어왔어. '왼손 절단'이라는 말에 찜찜함을 느꼈는지 다른 친척에게 조사를 시켰나 봐. 그 결과 지금까지 '왼손 공양'으로 죽었어야 할 사람이 전부 살아 있다는 사실이 밝혀졌지. 숙부는 날 불러서 추궁했어. 난 당연히 모르쇠로 발뺌했고. 결국 숙부는 나를 용서하는 조건으로 24시간 안에 모모야를 데려오라고 명령했지. 분명 자기 손으로 '왼손 공양' 의식을 거행하려는 작정일 거야.

너희를 어떻게 하려는지는 모르겠어. 하지만 모모야를 오늘 안에 데려가지 않으면 내가 위험해. 지금 당장 모모야를 넘겨줘야겠어. 밖으로 나와."

저희는 기요쓰구 씨의 차 뒷좌석에 올라탔습니다.

"집에 도착하면 얼른 모모야를 데리고 나와. 말만 잘 들으면 험한 꼴은 보지 않을 거야. 하지만 넘기기를 거부하면……
알지?"

기요쓰구 씨가 왜 차를 몰고 오라고 했는지 그때 깨달았습니다. 집에 도착한 저희가 모모야를 데리고 차로 도주하는 걸막기 위해서였습니다.

만약 모모야를 가타부치 가문에 넘기면, 분명 살인에 이용당하겠죠.

저희가 잠자코 고개를 끄덕이자 기요쓰구 씨는 몹시 밝은목소리로 말했습니다.

"모모야는 불쌍한 아이야. 하지만 날 때부터 그런 운명이었어. 불쌍하지만 어쩔 수 없지. ……자, 도착했다. 10분 줄게.
10분 안에 돌아와."

저희는 어두운 기분으로 차에서 내렸습니다. 집을 올려다보자 2층 창문으로 불빛이 보였습니다. 집을 나설 때 불을 전부 껐는데 말이죠. 히로토가 깨어났나 싶어 저희는 2층 침실로 향했습니다.

방에 들어가자 예상치 못한 광경이 눈에 들어왔습니다. 히로토의 침대 위에 모모야가 있었던 겁니다. 그때 한 가지 예감이 머리에 떠올랐습니다.

모모야의 방은 밖에서 문을 잠가 놓습니다. 하지만 방에서 나갈 방법이 없는 건 아닙니다. 저희 집에는 가타부치 가문을 속이기 위해 만든, 아이 방과 욕실을 연결하는 통로가 있었습니다. 그 통로를 사용하면 방에서 밖으로 나갈 수 있습니다.

통로는 선반장으로 숨겨 놓았지만, 어쩌면 모모야는 알고 있었는지도 모릅니다. 그리고 저희가 집을 비운 틈에 방에서 빠져나와 히로토를 해코지한 것 아닐까.

온몸에서 핏기가 싹 가셨습니다.

하지만 침대로 달려가 보니 아무래도 뭔가 좀 달랐습니다.

히로토의 이마에는 물에 적셔서 개킨 천이 얹혀 있었습니다. 자세히 보니 그건 모모야의 방에 놓아둔 수건이었습니다.

저는 그제야 상황을 이해했습니다.

히로토는 아주 가끔, 느닷없이 고열이 나고는 했습니다. 저희가 집을 나선 후 그런 상황이 발생한 거겠죠. 히로토의 울음소리에 이변을 감지한 모모야가 방에서 빠져나와 상황을 파악하고, 불편한 손으로 수건을 빨아서 간호한 겁니다.

물어보니 모모야는 예전부터 통로가 있다는 걸 알고 있었고, 밤중에 가끔 방을 빠져나와 히로토의 얼굴을 보러 갔었다고 하더군요.

저는 후회했습니다. 한순간이나마 모모야를 의심한 것과, 가타부치 가문의 감시가 두려워 모모야를 방에 가두어 답답한 생활을 강요한 것을요.

모모야는 그런 대접을 받을 아이가 아니었습니다. 저는 모모야에게 수없이 사과했습니다. 아야노 씨도 눈물을 흘렸습니다.

그때 복도에서 큰 발소리가 들리더니 기요쓰구 씨가 방에 들어왔습니다.

기요쓰구 씨는 안달하는 목소리로 "야. 왜 이렇게 시간을 끌어?" 하며 모모야를 억지로 안고 나갔습니다. 이대로 보내면 모모야를 두 번 다시 못 본다……. 그런 기분이 들더군요. 모모야는 살인죄를 짊어지고 평생을 보내겠죠. 평생이 뭡니까, '왼손 공양'이 끝난 후 가타부치 가문에서 모모야를 살려둔다는 보장도 없습니다.

더는 생각할 시간이 없었습니다. 저는 제 인생과 맞바꾸어 모든 것을 끝내기로 결심했습니다.

쓸데없이 긴 글을 읽으시느라 고생 많으셨습니다. 현재 아야노 씨와 히로토, 모모야는 ○○구의 연립주택 ○○의 ○호실에 살고 있습니다.

저는 더 이상 가족을 지킬 수 없을 것 같네요. 아야노 씨가 근처 슈퍼에서 파트타임으로 일하기는 하지만, 그것만으로 생계를 꾸리기는 어렵겠죠.

무척 뻔뻔한 부탁인 줄은 압니다만, 세 사람의 생활을 지원해 주실 수 없을까요? 부디 잘 부탁드립니다.

가타부치 레이타 올림

요시에 씨는 "둘 다 아직 안 읽었죠?" 하며 소파에 있던 신문을 우리 앞에 펼쳤다. 10월 25일 석간신문. 방금 배달된 것이리라.

〈처가 가족을 살해한 남자를 체포〉
25일, 경시청 ○○서는 도쿄도 ○○구에 거주하는 가타부치 레이타(직업 불명)를 살인 혐의 용의자로 체포했다. 용의자 가타부치는 올해 7월에 처조부 가타부치 시게하루 씨와 시게하루 씨의 조카인 모리가키 기요쓰구 씨를 살해하고 시체를 유기했다며 ○○서에 출두했다.

가타부치 그럼 형부는…….

요시에 응……. 지금 경찰에서 조사받고 있대.

가타부치 그런……. 아무리 그래도…… 죽일 것까지는…….

요시에 그러게. 정말로……. 내 생각도 그래. 하지만 레이타 씨는 자신의 인생을 버리면서까지 가족을 지키려고 했어. 그건 사실일 거야.

가타부치 그건 그럴지도 모르지만……. 죄가 아주 무거워질 텐데…….

요시에 그렇겠지……. 하지만 할 수 있는 일은 해 봐야지. 저쪽 가족과도 상의해서 변호사를 선임하고, 조금이라도 형이 가벼워지도록 지금까지 있었던 일을 전부 밝힐 생각이야. 하지만 그것과는 별개로 네게 부탁하고 싶은 일이 있어. 언니 가족 말이야.

가타부치 그러고 보니 언니는?! 무사해?

요시에 응. 아까 통화했어. 아주 의기소침한 목소리였지만, 일단 셋 다 건강하대. 편지에 적혀 있던 연립주택에 살고 있다는 것도 확인했고. 그래서 말인데 유즈키,

네가 부디 언니에게 힘이 되어 주렴. 돈은 엄마가 어떻게든 할 테니까 정신적인 면에서 세 사람을 도와줘. 아야노는 널 제일 보고 싶어 했으니까.

그 후, 가타부치 씨와 요시에 씨는 아야노 씨 가족이 사는 연립주택에 가기로 했다.

내게도 같이 가자고 했지만, 당연히 제삼자가 낄 자리는 아니므로 정중하게 거절했다.

헤어질 때 가타부치 씨는 이쪽이 미안해질 만큼 몇 번이고 고개를 숙이며 고마움을 전했다.

* * *

경찰 수사 및 가타부치 레이타 씨 외 여러 인물의 증언으로 다음과 같은 사실이 밝혀졌다.

가타부치 시게하루 씨와 모리가키 기요쓰구 씨의 시신은 ○○현의 산속에서 발견됐고, 그 때는 이미 사후 3개월이 지난 상태였다.

가타부치 시게하루 씨의 아내 후미노 씨는 중증의 치매 환자라 시게하루 씨가 사망한 후 ○○현의 노인 복지시설에 입소했다.

가타부치 미사키 씨의 행방은 현재도 오리무중이다. ○○현의 편의점에서 비슷한 인물을 목격했다는 증언이 나왔지만, 진위가 확실치 않아 경찰은 계속 수색 중이다.

* * *

오랜만에 연락드립니다.

가타부치 유즈키예요.

요전에는 정말로 큰 도움을 받았습니다.

그 후로 있었던 일을 알려 드리고 싶어서 메일 보냅니다.

현재 언니와 히로토, 그리고 모모야는 엄마 집에 함께 살고 있습니다.

엄마는 두 손자와 지내는 시간이 즐거운지 예전보다 표정이 밝아졌어요.

언니는 파트타임 일을 하면서 보육교사 자격증을 따기 위해
공부 중이고요.

앞으로 어떻게 될지는 저희도 모르겠네요.
끝이 보이지 않는 형부의 재판 때문에 매일 가슴이 아프지만,
아이들을 위해서라도 최대한 웃음을 잃지 않고,
즐겁고 열심히 살려고 노력하고 있어요.

언젠가 상황이 정리되면 꼭 다시 뵙고 감사를 드리고 싶네요.
구리하라 씨께도 감사하다고 전해 주세요.

가타부치 유즈키

훗날 우메가오카의 연립주택에서 구리하라 씨에게 일련의
일을 보고했다.

구리하라　아아, 그런 사연이 있었군요. 제 생각보다 훨씬 더
　　　　　복잡했네요. 결국 저는 도움이 거의 못 된 것 같습
　　　　　니다.
필자　　아닙니다. 가타부치 씨도 고마워했는걸요. 구리하

238

라 씨 덕분에 많은 걸 알아냈다면서요.

구리하라 그런가요. 뭐, 앞으로의 일은 제삼자로서 한 걸음 물러난 곳에서 지켜보도록 하죠.

구리하라 씨는 커피를 한 모금 마시고 숨을 내쉬었다.

구리하라 그런데…… 나머지 한 명은 누구였을까요?

필자 나머지 한 명…… 이라니요?

구리하라 살해당한 가타부치 분가의 아이 말입니다. 란쿄는 모모타에게 **아이 세 명**을 살해시켰죠. 첫째 부인 이 낳은 큰아들, 셋째 부인이 낳은 셋째 아들과 넷 째 아들. 하지만 규칙에 따르면 '왼손 공양'은 아이 가 열 살 때부터 열세 살이 될 때까지 매년 거행해 야 해요. 열 살, 열한 살, 열두 살, 열세 살, 해마다 한 명씩. 즉 합쳐서 네 명 살해해야 하는 셈입니다. 그러니 피해자가 한 명 더 있었을 거예요.

필자 음……. 도중에 단념한 것 아닐까요? '분가 쪽에서 본가의 움직임을 알아차리고 교류를 끊었을지도 모 른다'고 요시에 씨도 말씀하셨잖아요.

구리하라　만약 알아차렸다면 '교류를 끊는' 정도로 끝날까요? 게다가 소이치로는 의식이 끝난 후에도 자식들에게 '왼손 공양'을 철저하게 교육했잖아요. 그렇게까지 의식에 집착하는 인간이 도중에 그만두겠습니까?

필자　…….

구리하라　역시 제 생각에는 한 명 더 살해당했을 것 같아요.

필자　하지만 아이가 네 명이나 살해당하면, 세이키치도 뭔가 이상하다는 걸 눈치챌 텐데요?

구리하라　세이키치는 정말로 눈치채지 못했을까요?

필자　네?

구리하라　눈치챘으면서도 묵인했을 가능성은 없을까요? 요컨대 '솎아내기'입니다.

'솎아내기'……. 자녀의 수가 너무 늘어나지 않도록 낙태하거나 젖먹이를 죽이는 풍습. 일본에서는 메이지 시대까지 이 풍습이 남아 있었다고 한다.

필자　하지만 못사는 집에서 한 명이라도 먹는 입을 줄이기 위해 솎아내기를 한 거잖아요? 대부호인 세이키치가 그런 짓을 할 이유가 없을 것 같습니다만.

구리하라　솎아내기는 가난한 사람들만의 풍습이 아닙니다. 세이키치는 아내가 많았죠. 그들 사이에서는 끊임없이 권력 싸움이 벌어졌고요. 그 싸움은 세이키치조차 제어할 수 없을 만큼 심각했을 겁니다. 자신에게 불똥이 튈 걸 우려한 세이키치는……. 뭐, 단순한 억측에 지나지 않지만요.

필자　……이런 이야기는 그만두죠. 어쨌거나 과거의 일이니까요. 세이키치는 이미 죽었으니 지금 와서 따져 본들 아무 소용도 없어요.

구리하라　확실히 그럴지도 모르죠. 그럼 현대의 이야기를 할까요? 실은 의문이 하나 더 있거든요.

시계하루 씨가 레이타 씨에게 건넨 목록 말이에요. 거기에는 분가 자손의 이름이 100개도 넘게 적혀 있었죠. 가타부치 본가는 어떻게 그런 정보를 가지고 있었을까요?

필자　그야…… 역시 원래는 본가와 분가가 서로 어울렸으니까…….

구리하라　하지만 한참 옛날에 관계가 끊어졌잖아요. 태평양

전쟁이 끝난 후, 전국에 흩어진 세이키치의 자손의
이름과 주소를 전부 파악하기는 불가능에 가까울
겁니다.

필자 그럼 어떻게…….

구리하라 가타부치 본가에 정보를 제공한 사람이 있었던 것
아닐까요?

필자 협력자가 있었다는 말씀입니까?

구리하라 네. 분가의 자손에 대해 조사할 수 있는 사람, 다름
아닌 분가 내부 사람입니다. 즉, 가타부치 세이키치
의 자손 중 누군가가 적인 가타부치 본가에 정보를
흘렸다는 뜻이에요.

필자 대체 누가 그런 짓을?

구리하라 짚이는 사람이 한 명 있습니다. 세이키치의 자손이
면서 가타부치 본가와 인연이 있는 사람……. 요시
에 씨입니다.

필자 뭐라고요?!

구리하라 요시에 씨의 외할머니 야요이 씨는 분명 세이키치
의 일곱 번째 아이였죠?

필자 ……맞습니다.

구리하라 이렇게는 생각할 수 없을까요? '왼손 공양'의 네 번째 피해자는 야요이 씨의 형제였다. 형제를 살해당한 야요이 씨는 가타부치 가문에 복수하기로 맹세했다. 소이치로와 마찬가지로 야요이 씨도 자기 자식들에게 '저주'를 건 겁니다. '가타부치 가문 사람을 죽여라'는 저주를요.

그 맹세는 세대를 넘어 요시에 씨에게 맡겨졌습니다. 요시에 씨가 가타부치 가문으로 시집간 건 과연 우연일까요? 요짱의 죽음, 남편의 사고, 레이타 씨의 반역, 전부 요시에 씨의 계획 아니었을까 싶은 생각도…….

그럴 리 없다……. 그렇게 말하려다 한순간 멈칫했다. 구리하라 씨의 추리는 억지에, 말도 안 되는 이야기다. 하지만 요시에 씨에게 몇 가지 찜찜한 점을 느낀 것도 사실이었다.

요시에 씨가 란쿄에 대해 설명할 때 했던 말. '그래서 예전에 어떤 방법으로 란쿄에 대해 조사해 봤어요.' ……'어떤 방법'이란 뭐였을까.

그리고 소이치로가 붓글씨로 '왼손 공양'의 다섯 항목을 적은 종이. 분명 가타부치 가문에서 가장 중요한 물건일 것이다. 그걸 왜 요시에 씨가 가지고 있었을까.

그러고 보니…… 미사키 씨는 요시에 씨와 통화한 다음 날 감금됐다. 다음 날……. 우연일까.

덧붙여 시게하루 씨는 미야에 교이치 씨에 대한 기사를 사이타마현의 지방신문으로 확인했다. 사이타마에서 멀리 떨어진 곳에 사는 시게하루 씨가 왜 그런 걸…….

심상치 않은 생각이 차례차례 머리를 스쳤다.

하나 요시에 씨의 됨됨이며, 울면서 딸에게 참회하는 모습이 연기 같지는 않았다. 하지만…….

필자　　에이……. 그럴 리 없어요.
구리하라　뭐, 이것도 단순한 '억측'이니까요. 굳이 담아 두지
　　　　　 마세요.

구리하라 씨는 웃으며 말하더니 남은 커피를 마저 마셨다. 악의 없는 그 무신경한 말이 약간 심기에 거슬렸다.

이상한 집

1판 1쇄 발행 2022년 10월 27일
1판 11쇄 발행 2024년 9월 25일

지은이 우케쓰 | **옮긴이** 김은모 | **펴낸이** 최원영
편집부장 윤영천 | **편집부** 김서연 이지윤 | **북디자인** 성지선
본문조판 성지선 | **국제업무** 박진해 조은지 남궁명일 | **마케팅** 김민원 조은걸
펴낸곳 (주)디앤씨미디어 | **출판등록** 2002년 4월 25일 제20-260호
주소 서울시 구로구 디지털로 32길 30 코오롱디지털타워빌란트 1301-1308호
전화번호 02.333.2513 | **팩스** 02.333.2514

ISBN 979-11-977085-7-2 03830

정가 15,000원